沐廉风尚
品古典诗文

——"00后"青年"剧"说廉洁

杭州师范大学纪委　编

MU LIANJIE FENGSHANG
PIN GUDIAN SHIWEN

浙江工商大學出版社 | 杭州
ZHEJIANG GONGSHANG UNIVERSITY PRESS

图书在版编目（CIP）数据

沐廉洁风尚　品古典诗文："00后"青年"剧"说
廉洁 / 杭州师范大学纪委编.—杭州：浙江工商大学
出版社，2023.1（2023.8重印）
ISBN978-7-5178-5159-2

Ⅰ.①沐… Ⅱ.①杭… Ⅲ.①剧本—作品集—中国—
当代 Ⅳ.①I230

中国版本图书馆CIP数据核字（2022）第196393号

沐廉洁风尚　品古典诗文——"00后"青年"剧"说廉洁

MU LIANJIE FENGSHANG PIN GUDIAN SHIWEN ——"00HOU" QINGNIAN "JU" SHUO LIANJIE

杭州师范大学纪委 编

策划编辑	任晓燕
责任编辑	张晶晶
责任校对	沈黎鹏
封面设计	芸之城
责任印制	包建辉
出版发行	浙江工商大学出版社
	（杭州市教工路198号　邮政编码310012）
	（E-mail：zjgsupress@163.com）
	（网址：http://www.zjgsupress.com）
	电话：0571-88904980，88831806（传真）
排　　版	杭州彩地电脑图文有限公司
印　　刷	杭州高腾印务有限公司
开　　本	720 mm×1000 mm　1/16
印　　张	19.5
字　　数	253千
版 印 次	2023年1月第1版　2023年8月第2次印刷
书　　号	ISBN 978-7-5178-5159-2
定　　价	89.00元

本书编委会（按姓名音序排）

主　编：黄　燕

副主编：梁晓凤

成　员：蒋璐敏、刘延轶、苏晓松、沈　嫣、王　丹、王　骏
　　　　徐学会、叶　辉

序　言

　　廉洁文化是在社会历史发展过程中以廉洁为核心的文化沉淀，融价值理念、行为规范和社会风尚于一体，反映人们对廉洁政治和廉洁社会的总体认识、基本理念和精神追求。它以鲜明的稳定性、持久性的特征，发挥着洗心养正、培根铸魂的独特作用。它既根植于中华传统文化之中，也成为中华传统文化之精髓，共同支撑起中华民族的文化自信。习近平总书记多次强调，要夯实清正廉洁思想根基，厚植廉洁奉公文化基础，要"把优秀传统文化的精神标识提炼出来、展示出来"。中共中央办公厅印发的《关于加强新时代廉洁文化建设的意见》中指出："全面从严治党，既要靠治标，猛药去疴，重典治乱；也要靠治本，正心修身，涵养文化，守住为政之本。"

　　推进新时代高校廉洁文化建设，对坚持社会主义办学方向，办好中国特色社会主义大学具有十分重要的意义。习近平总书记强调，"要注重文化浸润、感染、熏陶，既要重视显性教育，也要重视潜移默化的隐性教育，实现入芝兰之室久而自芳的效果"。杭州师范大学党委历来高度重视校园廉洁文化建设，将廉洁文化融入校园文化，纳入教育教学和科学研究，贯穿于清廉学校建设各方面、全过程。学校纪委注重发挥本校马克思主义理论、历史、文学、教育、绘画、书法、音乐等专业优势，深耕挖潜，创设多元载体，创新丰富形式，坚持每年开展廉洁文化月主题活动，不仅出版了杭师大人的《红色记忆·家风故事》一书，还将廉洁文化融入课程思政，进入课堂教学主渠道，并率先在小学教育专业"中国文学"课开展试点。两年多来，500多名学生自发组成70多个小组，以自编自导自演的短剧形式，生动演绎中国古代诗词歌赋中蕴含的廉洁故事、先哲前贤的廉洁思想、清官廉吏的廉洁风范、文人雅士的廉洁精神。本书从学生自创的70多个作品中甄选出37个，用短剧的形式，以清正、廉明、勤俭、自律等廉洁文化元素为内涵，按历史朝代顺序进行编排。剧本中，有描述清官廉吏的为政故事，也有抒发家国情怀的文人诗词和书画作品。如有讲述东汉"悬鱼太守"羊续的故事，有描写北宋名臣包拯"不持一砚归"的故事，也有战国时期伟大诗人、政治家屈原的《楚辞》，北宋著名文学家周敦颐的散文《爱莲说》，还有唐代书法家颜真卿的《颜氏家庙碑》，清代书画家郑板桥的《墨竹图》。每一个剧本都由剧情梗概、剧情人物、历史朝代、剧本内容、创作来源、创作感想六个部分组成，学生们用精短凝练的语言、简洁明了的剧情，串联起中国传统文化中的廉洁文脉，赋予传统廉洁文化时代内涵，表达出新时代青年对廉洁的理解和诠释，体现出鲜明的思想性、文学性、历史性和时代性。这一个个短剧，更像是一幕幕历史与现实的对话、思想与文学的交流。

"观今宜鉴古，无古不成今。"习近平总书记指出，要按照立足中国、挖掘历史、把握当代，关怀人类、面向未来的思路做研究、去思考。中国古代文学作品是蕴含廉洁文化元素的富矿，早在战国时期，屈原就在他的《楚辞·招魂》中写道"朕幼清以廉洁兮，身服义尔未沫"。本书就以中国古代历史为坐标，从战国时期屈原到明清时代的于谦、郑板桥，跨越10个历史朝代，讲述了37个故事，涉及200多个人物。剧本的创作者都是当代青年学生，他们在搜集整理这些古代文学作品的基础上，提炼出清廉、正直、简朴、仁爱、民本等廉洁文化元素，采用现代戏剧的形式、当代生活场景的语言，赋予古代文学作品新的理解和时代内涵，通过古今碰撞、情景交融，诠释出新青年的廉洁理念和价值追求。这一个个剧本，就像一座座桥梁，横跨历史长河，连接古今，正如陈望道所说，"我们研究语文，应该屁股坐在中国的今天，伸出一只手向古代要东西"。

文学为形，思政为核。"文化而润其内，养德以固其本。"清正廉洁的思想德行是中华民族重要的文化遗产之一。早在《周礼》中就有为官"六廉"的标准，即"一曰廉善，二曰廉能，三曰廉敬，四曰廉正，五曰廉法，六曰廉辨"。欧阳修的《廉耻说》中也提出"廉耻，士君子之大节"。本书所汇集的37个剧本，均来源于中国古代文学中诗歌、辞赋、散文等不同体裁的作品，但其实质与核心始终为廉洁。无论是"四知拒金"的杨震、"不为五斗米折腰"的陶渊明、"先天下之忧而忧"的范仲淹、"清风两袖朝天去"的于谦等清官廉政的故事，还是抒发与山巨源绝交的嵇康、咏史伤怀的李商隐、诗意人生的苏东坡等一代文人精神气节、家国情怀，都蕴含着丰富的廉洁价值理念、思维方式和行为准则。这一个个故事、一首首文赋，都在引导广大师生切实修好对党忠诚、赤心报国的大德，修好践行宗旨、造福人民的公德，修好廉洁自律、克己奉公的私德，树立正确的是非观、义利观、权力观，做到以德立身、以德立信、以德立行，不断增强廉洁从事的政治定力、怀德自重的思想定力，永葆清正廉洁的政治本色。

中华优秀传统文化孕育出浓厚的廉洁基因，滋养着清廉价值、盈润了崇廉风尚，无形而有质，温润而持久。千年智慧启迪当下，让我们一起走进中国灿烂的古代文学宝库，置身于悠长壮阔的历史画卷中，游历在中国诗文的阆苑里，采撷古圣先贤的嘉言懿行，追寻"何者是廉""何以为廉"和"如何能廉"的廉洁之问，牢记"堤溃蚁孔，气泄针芒"的古训，坚定"修身齐家治国平天下"的理想抱负，激扬"富贵不能淫，贫贱不能移，威武不能屈"的浩然正气，涵养"苟利国家生死以，岂因祸福避趋之"的报国情怀。

李泽泉

杭州师范大学纪委书记、教授、博士生导师

2022 年 10 月

目|录 CONTENTS

渔 父　　　　　　　　　　俞可心

剧情梗概

　　屈原是战国时期楚国诗人、政治家，更是中国历史上一位伟大的爱国诗人、中国浪漫主义文学的奠基人，被誉为"楚辞之祖"。屈原作品的出现，标志着中国诗歌进入一个由大雅歌唱到浪漫独创的新时代，其主要作品有《离骚》《九歌》《九章》《天问》等。以屈原作品为主体的《楚辞》是中国浪漫主义文学的源头之一，对后世诗歌产生了深远影响，成为中国文学史上的璀璨明珠，"逸响伟辞，卓绝一世"。本剧以师生课堂为背景，在学习《渔父》课文时，教师引导学生穿越时空，见证屈原的伟大故事，并就"廉洁"这一话题，尝试与屈原展开了一场跨越千年的对话。

剧情人物
屈原、渔父、老师、学生 1、学生 2、学生 3

朝代
战国

《渔父》小组彩排花絮

第一幕 屈原遇渔父

老师 （上场，面向学生）同学们，今天我们来学习《渔父》。

旁白 屈原既放，游于江潭，行吟泽畔，颜色憔悴，形容枯槁……

（播放江河流动的水声音频，屈原入场，吟咏徘徊，同时吟诵《离骚》，

而后渔父出）

渔父 子非三闾大夫与？何故至于斯？

屈原 举世皆浊我独清，众人皆醉我独醒，是以见放。

渔父 圣人不凝滞于物，而能与世推移。世人皆浊，何不淈其泥而
扬其波？众人皆醉，何不铺其糟而歠其醨？何故深思高举，
自令放为？

屈原 吾闻之，新沐者必弹冠，新浴者必振衣；安能以身之察察，
受物之汶汶者乎？宁赴湘流，葬于江鱼之腹中。安能以皓皓
之白，而蒙世俗之尘埃乎？

渔父 （莞尔而笑，鼓枻而去，乃歌）沧浪之水清兮，可以濯吾缨；沧浪
之水浊兮，可以濯吾足。（渔父退场）

（屈原默然伫立）

（老师、学生上场）

第二幕　师生讨论何为廉洁

老师 （向屈原作揖一拜，此时学生们跟着老师一起行礼）先生！（转向学生）

孩子们，何谓廉洁？

学生1　是南宋陆游的"零落成泥碾作尘，只有香如故"。

学生2　是元代王冕的"不要人夸颜色好，只留清气满乾坤"。

学生3　是明代于谦的"粉骨碎身浑不怕，要留清白在人间"。

学生们　（齐声道）是先生的"安能以皓皓之白，而蒙世俗之尘埃

乎"！（学生们一起向屈原作揖行礼）

（此时背景展示：［南宋］陆游：零落成泥碾作尘，只有香如故。

［元代］王冕：不要人夸颜色好，只留清气满乾坤。［明代］于谦：粉骨碎

身浑不怕，要留清白在人间）

屈原　好好好！吾道不孤！虽千万人，吾往矣。（开怀大笑，作揖一拜，

屈原退场。师生回礼，目送屈原远去）

（此时背景弹出：吾道不孤！虽千万人，吾往矣）

旁白　屈原（约公元前340年—公元前278年），战国时期楚国诗

人、政治家。战国末期楚国归乡乐平里人，芈姓，屈氏，名

平，字原；又自云名正则，字灵均。楚武王熊通之子屈瑕的

后代。少年时受过良好的教育，博闻强识，志向远大。早年

受楚怀王信任，任左徒、三闾大夫，兼管内政外交大事。 提

倡"美政"，主张对内举贤任能，修明法度，对外力主联齐

抗秦。因遭贵族排挤诽谤，被先后流放至汉北和沅湘流域。

楚国郢都被秦军攻破后，自沉于汨罗江。

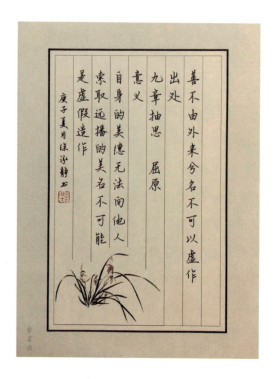

善不由外来兮名不可以虚作

出处

九章抽思　屈原

意义

自身的美德无法向他人

索取远播的美名不可能

是虚假造作

庚子夏月徐泳静书

创作来源　《渔父》

渔父

［战国］屈原

　　屈原既放，游于江潭，行吟泽畔，颜色憔悴，形容枯槁。渔父见而问之曰："子非三闾大夫与？何故至于斯？"屈原曰："举世皆浊我独清，众人皆醉我独醒，是以见放。"渔父曰："圣人不凝滞于物，而能与世推移。世人皆浊，何不淈其泥而扬其波？众人皆醉，何不铺其糟而歠其醨？何故深思高举，自令放为？"屈原曰："吾闻之，新沐者必弹冠，新浴者必振衣；安能以身之察察，受物之汶汶者乎？宁赴湘流，葬于江鱼之腹中。安能以皓皓之白，而蒙世俗之尘埃乎？"渔父莞尔而笑，鼓枻而去，乃歌曰："沧浪之水清兮，可以濯吾缨；沧浪之水浊兮，可以濯吾足。"遂去，不复与言。

译文

屈原被放逐以后，在沅江边上游荡，他沿着江岸边走边吟唱，面容憔悴，模样枯瘦。渔父见了向他问道："先生可是三闾大夫，为何落到这步田地？"屈原说："天下都是浑浊不堪只有我清清白白（不同流合污），世人都迷醉了唯独我清醒，因此被放逐。"渔父说："通达之人对客观时势不拘泥执着，而能随着世道一起变化。既然世上的人都肮脏，您为何不搅浑泥水扬起浊波？既然大家都迷醉了，您为何不跟着既吃酒糟又大喝其酒？为什么自命清高，以致让自己落了个被放逐的下场？"屈原说："我听说，刚洗过头的人一定要掸去帽子上的尘土，刚洗过澡的人一定要抖净衣服上的泥灰。怎能让清白的身体去接触世俗尘埃的污染呢？我宁愿跳到江里，葬身在江鱼腹中。怎么能让晶莹剔透的纯洁，蒙上世俗的尘埃呢？"渔父听了，微微一笑，摇起船桨动身离去，唱道："沧浪的水清又清啊，可以用来洗我的帽缨；沧浪的水浊又浊啊，可以用来洗我的脚。"便远去了，不再说话。

创 作 感 想

　　谈到廉洁文化，第一个浮现在我们脑海中的便是屈原，"廉洁"一词最早就出现在屈原的《楚辞·招魂》中——"朕幼清以廉洁兮，身服义而未沫"。几千年来，中华民族形成了崇廉尚洁的文化传统，我们可以在众多文学作品中看到廉洁，可以在诸多名人故事中听到廉洁……这些都体现了中华民族对廉洁文化的传承和追寻。此次，我们选择廉洁人物屈原，聚焦他的作品《楚辞》中的《渔父》篇，想通过一场跨越千年的对话，结合后世有关廉洁的诗句，更生动地展示屈原的廉洁精神，阐释廉洁文化的内涵。常言道："以古为镜，可以知兴替；以人为镜，可以明得失。"我们从《渔父》斑驳的历史印记中仍可清晰地触摸廉洁，看屈原在人生命运沉浮中的坚守与抗争，如人们对粽子"有棱有角，有心有肝。一身清贫，半世熬煎"的形象描绘。剧本的创作与表演让我们在缅怀伟大诗人屈原的同时，将"廉洁"二字深深地铭刻在心间，感悟屈原清廉的思想、清白的操守、清正的品行。作为未来的人民教师、人类灵魂工程师，我们更要深谙廉洁的含义，时时以身作则、处处率先垂范。我们还想要为人师表，讲好廉洁故事、传承好廉洁文化，让廉洁如一股清流，沁人心扉，似一盏明灯，指引前行的方向，更沉淀为我们的一种品质、一种境界、一种信仰。

杨震的故事

樊伊文

剧情梗概

杨震，字伯起，东汉弘农华阴（今陕西华阴）人。他通晓经籍，博览群书，有"关西孔子杨伯起"之称。杨震为官清明，生活俭朴，不谋私利，始终以"清白吏"为座右铭。昌邑县令王密拜访他时，怀金相赠，他严词拒绝，留下"四知拒金"的佳话。他直言上谏，却被当朝权贵不容，遭到排挤流放，最终悲愤间服毒而亡。

剧情人物

王密、杨震、安帝、樊丰、杨震学生

朝代

东汉

《杨震的故事》小组彩排花絮

第一幕　杨震拒金

旁白　杨震公正廉洁，不谋私利。他任荆州刺史时发现王密才华出众，便向朝廷举荐王密为昌邑县令。后来他调任东莱太守，途经王密任县令的昌邑时，王密亲赴郊外迎接恩师。晚上，王密前去拜会杨震。

（夜晚书桌前）

王密　（敲门进入，边说边做一个跪拜的姿势）学生王密拜见恩师。

杨震　（坐在桌前，正在写字）王密，你来的正好，上次武陵匆匆一别，我有要事找你详谈呢。你拿的是什么？

王密　没有什么，乃是学生的一点心意。

（王密纠结再三，还是把黄金打开，献给恩师）

杨震　黄金？！你哪来这么多黄金？

王密　恩师对学生恩重如山，这百两黄金乃是学生为官以来的全部积蓄，是学生的一点心意，恳请恩师收下吧！

王密　恩师，你我乃师生之情，这并非官场逢迎呀。

杨震　王密，你我既为师生，就应该正其义，而不谋其利。如此重礼相送，早已超越了师生之情。王密，你随我求学多年，又是我举荐为官，你若敬我为师，就应该心有所畏，行有所止，如此重金相送，世人若知，视我杨震为何等之人。我还有何颜面，讲论廉洁气节！

王密　恩师多年乡间教学，本就收入微薄，还时常接济贫困学生，今出仕为官，又绝不受官场孝敬馈赠，日子必定艰难。今晚夜深人静，无人得知，恩师，您就为学生破例一次吧！

杨震 无人得知，我来问你，你头顶是什么？

王密 头顶是天。

杨震 足立是什么？

王密 足立是地。

杨震 何人送之？

王密 学生送金。

杨震 送于何人？

王密 送于恩师。

杨震 这天知，地知，你知，我知，怎么能说无人得知？

第二幕 直言上谏饮鸩而卒

旁白 永宁二年（121），安帝宠爱的后妃骄横。安帝的奶娘王圣，因为抚养安帝有功，依靠帝恩，无法无天。其女伯荣出入宫中，贪赃枉法。

（展示"宣政殿"内景）

安帝 爱卿何事？

杨震 （手拿奏折）臣闻政以得贤为本，理以去秽为务。是以唐虞俟义在官，四凶流放，天下咸服，以致雍熙。方今九德未事，嬖幸充庭。阿母王圣出自贱微，得遭千载，奉养圣躬，虽有推燥居湿之勤，前后赏惠，过报劳苦，而无厌之心，不知纪极，外交属托，扰乱天下，损辱清朝，尘点日月。宜速出阿母，令居外舍，断绝伯荣，莫使往来，令恩德两隆，上下俱美。惟陛下绝婉娈之私，割不忍之心，留神万机，诚慎拜爵，减省献御，损节征发。令野无《鹤鸣》之叹，朝无《小明》之悔，《大东》不兴于今，劳止不怨于下。拟踪往古，比德哲王，岂不休哉！

安帝（摆了摆手）朕已知晓，爱卿无需多言。

旁白 杨震前后多次上书，言辞激切，安帝十分恼怒。同时以樊丰为代表的朝中奸臣不满杨震的直言，欲加害于他。延光三年（124），安帝东巡泰山，樊丰等乘机修建房屋，还伪造了诏书。杨震写了奏书，要等安帝回来上奏。樊丰等听说了，很惶恐，于是趁机诬陷杨震。

樊丰 自赵腾进谏死后，杨震深为怨怒。并且他是邓骘的旧部，怀恨在心。

安帝 传令下去，收回杨震太尉印绶。

（场景切换到杨震家）

杨震学生 先生，听闻皇上听信谗言要收回您的太尉印绶，先生应早做打算啊。

杨震 为师明白，你下去吧。

（杨震来回走动，场景切换到几阳亭）

杨震（杨震心中不愉，走到洛阳城西的几阳亭，对自己的儿子和门徒说）死者士之常分。吾蒙恩居上司，疾奸臣狡猾而不能诛，恶嬖女倾乱而不能禁，何面目复见日月！

旁白 杨震怀着一腔热血入仕，奈何官场污浊不堪，一身抱负，无处施展，廉洁为官，却自身难保。于是，悲愤欲绝，服毒自尽。

创作来源 《后汉书·杨震列传》

后汉书·杨震列传（节选）

杨震字伯起，弘农华阴人也。八世祖喜，高祖时有功，封赤泉侯。高祖敞，昭帝时为丞相，封安平侯。父宝，习《欧阳尚书》。哀、平之世，隐居教授。居摄二年，与两龚、蒋诩俱征，遂遁逃，不知所处。光武高其节。建武中，公车特征，老病不到，卒于家。

震少好学，受《欧阳尚书》于太常桓郁，明经博览，无不穷究。诸儒为之语曰："关西孔子杨伯起。"常客居于湖，不答州郡礼命数十年，众人谓之晚暮，而震志愈笃。后有冠雀衔三鳣鱼，飞集讲堂前，都讲取鱼进曰："蛇鳣者，卿大夫服之象也。数三者，法三台也。先生自此升矣。"年五十，乃始仕州郡。

大将军邓骘闻其贤而辟之，举茂才，四迁荆州刺史、东莱太守。当之郡，道经昌邑，故所举荆州茂才王密为昌邑令，谒见，至夜怀金十斤以遗震。震曰："故人知君，君不知故人，何也？"密曰："暮夜无知者。"震曰："天知，神知，我知，子知。何谓无知！"密愧而出。后转涿郡太守。性公廉，不受私谒。子孙常蔬食步行，故旧长者或欲令为开产业，震不肯，曰："使后世称为清白吏子孙，以此遗之，不亦厚乎！"

元初四年，征入为太仆，迁太常。先是博士选举多不以实，震举荐明经名士陈留杨伦等，显传学业，诸儒称之。

永宁元年，代刘恺为司徒。明年，邓太后崩，内宠始横。安帝乳母王圣，因保养之勤，缘恩放恣；圣子女伯荣出入宫掖，传通奸赂。震上疏曰："臣闻政以得贤为本，理以去秽为务。是以唐虞俟乂在官，四凶流放，天下咸服，以致雍熙。方今九德未事，嬖幸充庭。阿母王圣出自贱微，得遭千载，奉养圣躬，虽有推燥居湿之勤，前后赏惠，过报劳苦，而无厌之心，不知纪极，外交属托，扰乱天下，损辱清朝，尘点日月。《书》诫牝鸡牡鸣，《诗》刺哲妇丧国。昔郑严公从母氏之欲，恣骄弟之情，几至危国，然后加讨，《春秋》贬之，以为失教。夫女子小人，近之喜，远之怨，实为难养。《易》曰：'无攸遂，在中馈。'言妇人不得与于政事也。宜速出阿母，令居外舍，断绝伯荣，莫使往来，令恩德两隆，上下俱美。惟陛下绝婉娈之私，割不忍之心，留神万机，诫慎拜爵，减省献御，损节征发。令野无《鹤鸣》之叹，朝无《小明》之悔，《大东》不兴于今，劳止不怨于下。拟踪往古，比德哲王，岂不休哉！"

......

会三年春，东巡岱宗，樊丰等因乘舆在外，竞修第宅，震部掾高舒召大匠令史考校之，得丰等所诈下诏书，具奏，须行还上之。丰等闻，惶怖，会太史言星变逆行，遂共谮震云："自赵腾死后，深用怨怼；且邓氏故吏，有恚恨之心。"及车驾行还，便时太学，夜遣使者策收震太尉印绶，于是柴门绝宾客。丰等复恶之，乃请大将军耿宝奏震大臣不服罪，怀恚望，有诏遣归本郡。震行至城西几阳亭，乃慷慨谓其诸子门人曰："死者士之常分。吾蒙恩居上司，疾奸臣狡猾而不能诛，恶嬖女倾乱而不能禁，何面目复见日月！身死之日，以杂木为棺，布单被裁足盖形，勿归冢次，勿设祭祠。"因饮鸩而卒，时年七十余。弘农太守移良承樊丰等旨，遣吏于陕县留停震丧，露棺道侧，谪震诸子代邮行书，道路皆为陨涕。

译文

杨震，字伯起，弘农华阴人。八世祖杨喜，汉高祖时因功封赤泉侯。父亲杨宝，学《欧阳尚书》，哀帝、平帝时，不问世事，隐居教学。居摄二年，同龚胜、龚舍、蒋诩一道被征召，不受，逃跑，不知所在。光武帝非常赞赏他的气节。建武中，公车特别征召他，杨震以年老多病为由，不应，在家去世。

杨震少年时爱学习，从太常桓郁学《欧阳尚书》，通晓经术，博览群书，专心探究。当时儒生为之语说："关西孔子杨伯起。"居住湖城，几十年不答州郡的礼聘。很多人说他年纪大了，应该出去做官了，杨震不仕的志概，更加坚决。后来有冠雀衔了三条鳝鱼，飞栖讲堂前面，主讲老师拿着鱼说："蛇鳝，是卿大夫衣服的象征。三是表示三台的意思，先生从此要高升了。"五十岁才做州郡之官。

　　大将军邓骘听说杨震是个人才，举他为茂才，四次升荆州刺史、东莱太守。当他去郡经过昌邑时，从前他推举的荆州茂才王密正做昌邑县长，去看杨震，晚上送金十斤给他。杨震说："老朋友知道你，你为什么不知道老朋友呢？"王密说："晚上没有人知道。"杨震说："天知、神知、我知、你知，怎么说没有人知道呢？"王密惭愧地走了。后转涿郡太守。杨震公正廉明，不接受私人请托。子孙蔬食徒步，生活俭朴，他的一些老朋友或长辈，想要他为子孙置产业，他说："让后世的人称他们为清白吏的子孙，不是很好吗？"

　　元初四年（117），征召作太仆，升太常。以前的博士选举大多名不副实，杨震推举通晓经术的名士陈留杨伦等，传授学业，得到儒生们的称赞。

　　永宁元年（120），杨震代刘恺为司徒。第二年，邓太后去世，安帝喜欢的一些后妃，开始骄横起来。安帝的奶娘王圣，因为抚养安帝有功，依靠帝恩，无法无天。王圣的子女伯荣出入宫中，贪赃枉法。杨震上疏说："我听说朝政需要贤达人才，治理国家必须清除污秽。所以唐尧虞舜时代，优秀的人才在位，混沌、穷奇、梼杌、饕餮四个坏人，都给流放到边远地方去了，人人心服口服，国家太平。而如今，道德堕落，宫廷里尽是一些卑鄙谄媚的人。王圣出身卑微，碰上千载难逢的机会，养育圣躬，虽有些功劳，但得到的赏赐，已经远远超过她的劳苦了。而她贪得无厌，没完没了。在外面转相托请，扰乱天下，损害了朝廷，给皇帝脸上抹黑。《书经》警诫母鸡作公鸡叫，《诗经》讽刺妇人丧国。从前郑严公听从母亲的私欲，放纵骄横的弟弟，为所欲为，国家几近灭亡，然后再来治理。《春秋》里曾经批评他，认为教育不好。那些女子小人，亲近她，就高兴；疏远她，就怨恨你，是很难对付的。《易》里说：'无攸遂，在中馈。'就是说妇人不得干预政治啊！应该赶快让王圣离开宫中，让她住在外面，与伯荣断绝关系，莫使他们往来，才能有恩有德，上下都好。希望皇上去掉私爱，铲除不忍之心，留心国家大事，谨慎地挑选臣子，减少开支和赋税。使隐居的贤者不哀惋叹息，朝廷的官员没有乱世做官的悔恨。《大东》讽刺乱世赋敛多的诗句不应该兴盛于今天，人民也无'汔可小康'之怨。效法往古，与历代圣哲同德，难道不好吗？"

......

到了延光三年（124）春，皇帝东登泰山，樊丰等人因皇上在外而乘机竞相大修房屋。杨震部掾高舒叫来大匠令史询问核查这件事。得到的是樊丰等人的假诏书。于是，杨震将此事写了奏书，准备等皇上回京后再呈上。樊丰等人听说了，惶恐万状。这时，正好太史说星象变化，于是，樊丰等人就一起诬陷杨震说："自赵腾死后，杨震深为怨怒。并且杨震是邓骘的旧部，有怨恨之心。"等皇上返回京城，在太学休息，当然派使者持令收了杨震的太尉印信，于是杨震闭门谢绝所有宾客。樊丰等人还是恨他，指使大将军耿宝上奏杨震大臣不服罪，心怀怨恨。安帝下诏将杨震送回原籍。杨震来到洛阳城西几阳亭，便满怀慷慨地对他的儿子、学生说："死是一个人不可免的。我蒙受皇恩，身居高位，痛恨奸臣狡诈，却不能进行惩罚，痛恨淫妇作乱，却不能予以禁止，我还有什么脸面见天下呢？我死以后，仅用杂木作棺材，用单被包裹，仅盖住身体即可，不要归葬祖坟，不要祭祠。"于是服毒而死，时年七十多岁。弘农郡太守移良遵照樊丰等人旨意，派人在陕县留住杨震的丧车，将杨震棺木暴露在路旁，并谪罚杨震的儿子们为驿站传递文书，路上的行人纷纷为他们流泪。

创 作 感 想

杨震出身弘农杨氏，年少时师从太常桓郁，随其研习《欧阳尚书》。他通晓经籍、博览群书，有"关西孔子杨伯起"之称。他为官正直，不屈权贵，屡次上疏直言时政之弊，因而被中常侍樊丰等人忌恨。延光三年（124），遭奸臣弹劾被罢免，又被遣返回乡，途中服毒自尽。汉顺帝继位后，下诏为其平反。他的一生刚直不阿、不畏权贵、公正廉明，舍生取义，彪炳千秋。即便是他的学生去看望他，送他黄金，世人看来理所当然之事，却被杨震严词拒绝，看起来似乎不近人情。

为国忠烈之臣的杨震，不仅自身清廉正直，而且还治家严谨，家风清白，他为后人留下"清白传家"的佳话。他身居高位，但子孙们依然蔬食徒步，生活俭朴。无论他的老友或长辈如何劝他为子孙置办产业，他坚定地认为："让后世的人称他们为清白官吏的子孙，不是很好吗？"杨震的后人都秉持做"清白吏"的家训，特别是他的三子杨秉自律极严，尤以"三不惑"（不饮酒、不贪财、不近色）而闻名于世，人们赞其为"淳白"。中国传统文化的一大特色就是"己—家—国"三位一体，即修身、齐家、治国，正所谓"天下之本在国，国之本在家"。新时代青年，应把自身价值的实现融入报国志、强国梦之中，把我们的青春芳华绽放在祖国最需要的地方。

羊续悬鱼

洪子涵

剧情梗概

　　羊续，后汉人，字兴祖，泰山郡平阳县（今山东省新泰市）人，东汉大臣、清官，太常卿羊儒的儿子，历任扬州庐江郡太守、荆州南阳郡太守，为官清贫简朴，廉洁自律，有"悬鱼太守"的美称。有位郡丞听说羊续没别的爱好，就爱吃鱼，就特地让人打捞了一条名贵的大鱼亲自送去。羊续十分为难，如果不收，怕扫了郡丞的面子，如果收下，又怕其他官员效仿。于是，灵机一动，很客气地将鱼收下，并将鱼悬挂于厅堂之上。等那位郡丞再次送鱼，羊续指着厅堂上悬挂的鱼给他看，以示拒绝。南阳境内其他官员听说此事后，都十分震惊，从此再无人送礼。本文采用现代剧和历史剧相结合的方式，从羊续悬鱼和送妻子两件事出发，刻画出羊续清廉为官、淡泊名利的形象。

剧情人物

小陆、杨局长、郡丞、羊续、羊续夫人

朝代

东汉

第一幕 拜早年

小陆 尊敬的各位领导、各位朋友、各位来宾、各位兄弟姐妹们，

小陆在这里给大家拜个早年了！（把盒子轻轻扔地上，《春节序曲》响起）

哎哟呵！差点摔坏了我这金贵前程。（故意拍打盒子，咳嗽，吸引注意）

瞧，大家伙对我这盒子都格外好奇，那我就悄悄给你们透点儿。（开小口，把盒子里的标签抖出来）

一不小心把底给透光了。其实，这我也不想的呀，可这新官刚上任，我不去混个眼熟，这三把火指定烧到我头上。这（价格）送进去，往后总该罩着我点。您大伙说是不是！（塞回标签）

哎呦！这时间不早了，我这礼呀得赶紧送进去。（笑着往前走）

杨局长 是谁啊？（边说边开门）

小陆 杨局长在家呀！我是小陆啊！今儿来给您拜个早年！（弯了

《羊续悬鱼》小组彩排花絮

弯腰）

杨局长 呦！是小陆啊！快快请进，正好是饭点，要不进来一起吃个饭？尝尝你嫂子的手艺吧！（把小陆迎进来并一起坐到饭桌前）

小陆 那我就恭敬不如从命了！

（一直陪笑，浅坐在椅子上）

小陆 杨局啊，我这次来除了给您拜年之外，还是来向您道升迁之喜呢！承蒙您的关照，我备了份薄礼，还请您一定要收下呀！

（把盒子递给杨局长）

（小陆打开一点点盒子，给杨局长看鱼竿）

杨局长 （杨局长表情冷淡，似乎有些不高兴）小陆啊，先吃饭，尝尝你嫂子蒸的鱼干！

小陆 嗯！（表情有点疑惑，心里正犯嘀咕）

杨局长 这样吧，我给你讲个故事，那个时候啊——（声音拉长）

（时光穿越到东汉）

旁白 贼既清平，乃班宣政令，候民病利，百姓欢服。时权豪之家多尚奢丽，续深疾之，常敝衣薄食，车马羸败。

第二幕 羊续悬鱼

旁白 此时的南阳，是个富庶之地，富豪云集，且贿赂官员出手阔绰，前几任太守在南阳为官都赚得盆满钵满。而羊续却"富差事穷当"，保持着清正高洁的品格。

郡丞 听说来了个新太守，我呀刚打听过了，这新太守对鱼情有独钟。这不，我特地带了南阳特产白河鲤鱼来保佑我的官途呢！（面向观众，眉飞色舞，准备去见羊续）

（提鱼门口等待）

羊续 （开门）哈哈，久等了，快请进！快请进！

郡丞 太守，这是我们南阳的特产白河鲤鱼，我啊特地到南阳最好的鱼贩子手中高价买下，据说多吃可以延年益寿呀，我这番心意还望您笑纳。

（此时的羊续实感为难，拒绝吧，怕扫了郡丞的面子，接受吧，有违自己做人为官的原则。他思虑片刻，想出了一个好办法）

羊续 （客气地说）嗯，先放这儿吧！

郡丞 那我就不打扰您了，先行告退。（作揖）

郡丞 我就说这样指定行，过个几天我再送一条，太守能不照顾我吗？（面向观众，挤眉弄眼）

（郡丞见羊续收下了鱼，过了几日，又送鱼来了）

郡丞 上次送您的鱼味道如何？哈哈，今天我又挑了条肥的给您送来！

羊续 （微笑着将他领到挂鱼的房梁下指给他看）上次你送的鱼还挂在这儿呢！（语气加重）

郡丞 （尴尬地笑）这这这……

郡丞 大人您这是打算晒干了腌着吃吗？那也味道不错哩，哈哈哈。

羊续 （微微摇头，微笑）古者富贵而名磨灭，不可胜记，唯倜傥非常

《羊续悬鱼》小组彩排花絮

之人称焉。这鱼啊，是好鱼，但如果这条鱼带来的是民间疾苦抑或繁杂的苛捐以及官员的贪污，这鱼——哼，不要也罢。

（甩袖子，背朝他）

（郡丞惊，看向鱼，一脸无奈）

郡丞 （作揖）大人所言极是，为官者自当清廉，是我有眼不识泰山，竟将大人看成贪污腐败之流，实在是在下眼拙。（语气坚定）

羊续 （将郡丞手按下）哈哈哈，明白就好啊，屈原有言，"朕幼清以廉洁兮，身服义尔未沫"，这便是廉洁啊！你可牢记在心。

（转身）

郡丞 是呀，有大人在，外加我等全力相助，相信南阳的风气定将好转，（语气更坚定）那我就先行告退了。

郡丞 （羞愧地）实在是太惭愧了，太守真是个清正廉洁的好官哪！哎，我也把这条鱼挂起来警示自己吧，以后一定要做像羊太守这样的清官啊！

《羊续悬鱼》小组彩排花絮

旁白 从那以后，南阳境内许多官员和富豪都在打听这条鱼的情况，但是鲜鱼直到变成了鱼干，还依然悬挂在厅堂上。郡中官吏们十分震惊，从此，再无人敢送礼。

第三幕 见妻子

旁白 一日，羊续正在吃饭，忽闻敲门声，羊续用盖子盖上正在吃的稀粥，赶忙起身。

羊续 啊，夫人，你怎么来了，快进来快进来。

夫人 夫君，我从老家来寻你，走了这么多天，可终于见到你了。

羊续 夫人，快坐。哎，我这里也没什么像样的东西来招待你们，

来，喝点热汤吧。(接过孩子，开心惊喜)

夫人 夫君，你好歹也贵为一方太守，可这屋子为何……？

羊续 嘿嘿嘿，孔子云："君子居之，何陋之有？"我虽住着简陋的屋子，一箪食，一瓢饮，但我乐在其中，何陋之有？

夫人 如此清苦，实为心酸呢！

羊续 夫人不必忧虑，我不觉辛苦，只要不愧一方百姓，什么都是值得的。只是无法厚待你和秘儿，心中多少有愧啊！

旁白 妻儿与羊续生活了一段时间，羊续每日忙于朝政，无心照顾妻儿。夫人是看在眼里痛在心里。本想着搬来南阳与羊续一起生活，但夫人看到羊续自己偷偷喝着稀粥，还要费心为妻儿准备饭菜，实在是不忍心，便还是带着孩子回了老家。

第四幕 杨局长送客

(时光又回到现在)

杨局长 路漫漫其修远兮，吾将上下而求索。小陆啊(拍了拍小陆的肩膀)，这故事也讲完了，饭也吃完了，这鱼竿你就拿回去吧。(把桌子上的鱼竿递给了小陆)

小陆 哎！好好好杨局长(小陆羞愧地接过了鱼竿)，那我就先走了。

杨局长 哈哈，欢迎下次再来！下次可不准带任何东西啊！

小陆 好，一定。有了这样一位清廉的局长，没什么事儿是办不成的！我啊，可以安心过个好年了！

《羊续悬鱼》小组彩排花絮

创作来源 《后汉书·羊续传》

后汉书·羊续传（节选）

贼既清平，乃班宣政令，候民病利，百姓欢服。时权豪之家多尚奢丽，续深疾之，常敝衣薄食，车马羸败。府丞尝献其生鱼，续受而悬于庭；丞后又进之，续乃出前所悬者以杜其意。续妻后与子秘俱往郡舍，续闭门不内，妻自将秘行，其资藏唯有布衾、敝祗裯，盐、麦数斛而已，顾敕秘曰："吾自奉若此，何以资尔母乎？"使与母俱归。

译文

贼人清剿平定之后，羊续在郡中颁布政令，为百姓兴利除害，百姓都欢悦佩服。当时有权势者及富豪人家都崇尚奢侈华丽，羊续对此深为憎恶，因而常常身穿破旧的衣服，乘用简陋的车马。府丞曾向他进献活鱼，羊续收下后却悬挂在庭院之中，府丞后来又向他献鱼，羊续便把先前悬挂的那条鱼拿给他看，以告诫他以后不要再送。羊续的妻子和儿子羊秘来到郡中找他，羊续却拒之门外。他的妻子只好带着羊秘回去。羊续所有物品只有粗布衣服、破旧的被子、盐和麦子数斛而已。羊续对儿子羊秘说："我自己用的东西只有这些，用什么来养活你们母子呢？"便让他们母子回去了。

创 作 感 想

古人云："勿轻小事，小隙沉舟；勿轻小物，小虫毒身。"意思是，不要轻视微小的事情，一条小小的缝隙，能使大船沉没；不要轻视微小的东西，一只小小的虫子，能使全身中毒。小的方面不谨慎，就会招致大灾难。一些为官者走上行贿受贿、奢侈腐化的不归之路，都与不拘小节有关，认为自己贪一点儿蝇头小利无足挂齿，但是事物的发展都存在从小到大、从量变到质变的过程。古人云："吏不畏吾严，而畏吾廉；民不服吾能，而服吾公；廉则吏不敢慢，公则民不敢欺。公生明，廉生威。"任何大事都是由小事积累成的。腐败的缺口，往往是从小事、小节打开的。不重视小事，不拘小节，思想上就会放松警惕，行动上就会放纵自己，像"温水煮蛙"中的青蛙，在不知不觉中，麻痹了意志，沉溺安逸，不思进取，忘记了初心使命，最终难以自拔，滑入深渊。我们不妨以汉代清官廉吏羊续为榜样，不仅要在大是大非面前经得住考验，还要在日常小事和生活细节上守住底线，严把"小节"关，"大节不可失，小节不可纵"。要防微杜渐，耐得住寂寞，守得住清贫，经得住诱惑，始终坚守"清清白白为人，干干净净做事"的清廉价值观。

与山巨源绝交书

张立韬

剧情梗概

　　《与山巨源绝交书》，是三国时期"竹林七贤"之一的嵇康写给朋友山涛的一封信，也是一篇名传千古的著名散文。嵇康与山涛同列七贤，交情甚好。后来，山涛做官后，也想推荐嵇康担任朝廷官员，但嵇康不慕荣华、不好官场，曾立下"七不堪、二不可"的人生态度和政治见解，一怒之下，欲与山涛绝交。这封信是嵇康得知山涛由选曹郎调任大将军，想举荐他担任山涛的原职而写的。在信中，嵇康拒绝了山涛的引荐，指出人的秉性各有所好，申明他自己秉性疏懒，不堪礼法约束，不可加以勉强。他强调放任自然，既是对世俗礼法的蔑视，也是他崇尚老庄无为思想的一种反映，更是他不阿权贵、高洁品行的体现。

剧情人物

司马昭、嵇康、山涛

朝代

三国

《与山巨源绝交书》小组彩排花絮

（午后，一处装饰颇端庄威严的处所内，有两人正在交谈历代人物风貌）

司马昭 面至白，美资仪，朱衣自拭，色转皎然——山兄，何晏何平叔，粉雕玉琢，可称前朝第一美男子吗？（面向山涛，见山涛笑而不语，又问）有一人，玉树临风，朗朗如日月之入怀，光彩照人——山兄，夏侯玄太初，可以称为前朝第一美男子吗？

山涛 （稍停顿，侃侃而谈）大将军，何平叔粉雕玉琢，夏侯太初玉树临风，他们如明珠双璧，自然为世人所喜爱。可今朝却还有一人，他身上独有一份阳刚正气，能让当世男女都为之倾倒……

司马昭 久闻山兄擅长褒扬人物。子上不才，愿听高见。

山涛 （微笑）此人，大将军应早有耳闻才是。

司马昭 哦？此人是谁？

山涛 此人身长七尺八寸，风度姿态秀美出众。萧萧肃肃，爽朗清举。又肃肃如松下风，高而徐引。大将军，此人是谁呀？

司马昭 （激动地）哦！哦！他是，他是？

山涛 他的为人，像挺拔的孤松傲然独立；他的醉态，像高大的玉山将要倾倒。大将军，此人是谁呀？

司马昭 山兄，此人可是……

山涛 此人正是武帝时的中散大夫，嵇康嵇叔夜啊！

司马昭 （失魂落魄般）啊！啊……

山涛 我今日所来，正是因为嵇康。（稍停顿，正色）大将军，山涛有幸，升任您属下，此时此刻，吏部郎的职位正有空缺。我以为，由嵇康出任此职，最为合适。

司马昭 （大惊失色）啊！如此甚好！……但，那嵇康，那嵇康素与我司马家不和，我曾多次招揽，均无成效。钟士季携盛礼拜

访，却遭他冷遇。那嵇康，他……他愿"目送归鸿，手挥五弦"，他是决计不会与我合作的呀！（作顿足状）

山涛 大将军少安毋躁。我与嵇康交情深厚，知他虽高蹈独立，心中却仍有丘壑呀。大将军既然也有此意，在此事上，我当好言相劝，尽力周旋。

司马昭 （大喜过望）如此甚好！如此甚好！

（司马昭下）

（房里，山涛来回踱步，眉头紧锁，频频叹气。桌子上放着一封信）

山涛 哎……叔夜啊叔夜，这件事，我实在对你不住。我等身属竹林，心归山野，原不该沾这官场秽臭味。我亦不该强人所难，拂你意志。但那司马昭……叔夜，你是人中之龙，那司马昭对你是又敬又怕，倘若招不到你，便要毁你、灭你。叔夜，大隐于市朝，"处众人之所恶，故几于道"。凭你才情智慧，怎么不知这样简单的道理！武帝时，你讲学授道，培养了无数优秀弟子，你若为官，定能造福一方，未必不能遂愿呀！但愿，但愿你知晓我心意……

旁白 竹巷里，一张琴桌旁放着一封拆开的书信。一人正在弹琴，只听得琴声渐息，幽微难闻。霎时，几声低沉突兀的音调响起，琴声陡然急转，越爬越高，时而怨恨凄凉，时而怫郁慷慨。恍然间，雷声滚滚，风雨如晦，世界清冷。琴声止息。那人随手拿起书信，丢进熊熊炉火之中。

（嵇康上）

嵇康 声无哀乐，哀乐却在听者内心。巨源，倘若此刻你便在我旁，听此音乐，会作何感想啊？这"冲冠第九""长虹第十""投剑第十八"，穿云裂石、振聋发聩，恐怕你却只能闻那愤慨之意，不知其中旷远之音呀！巨源！你说你了解我，你实在是不了解我呀！

（嵇康提笔写信）

嵇康 巨源，你处事圆融，善于应变，正如那江水能容万物；我性情直爽，狷介自守，就像那燃烧的火焰，对很多事情都不能忍受。我的心胸并不那样宽广，却自有峰峦迭起，沟壑纵横。我与你本不同。《庄子》中有这样的记载，说厨师羞于一人做菜，要拉祭师来帮忙。巨源，难道你也要我手执屠刀，沾上一身腥臊气味吗？

嵇康 循性而动，各附所安，君子顺着各自的本性做事，原本都可以得到心灵的归宿。然而，巨源啊，当朝为官，果真能得到心灵的归宿吗？俗话说，朝廷做官的人，为了禄位，因此入而不出；隐居山林的人，为了名节，因此往而不返。但是，季札推崇子臧的高尚情操，司马相如爱慕蔺相如的气节以寄托志向，这是没有办法可以勉强改变的。读罢老、庄，我那追求仕进荣华的热情日益衰减，而放任率真的本性则与日俱增。我便似那野外长大的麋鹿，为了挣脱羁绊，不惜赴汤蹈火；即便你用镶金笼头驾驭我，用精细饲料喂养我，我亦仍会日夜思念那茂林丰草。

嵇康 我不似阮嗣宗般天然淳朴，不言人之过。我直言不知忌讳，势必招致灾祸，但那又如何呢？来便来吧，我嵇康面不改色。我爱久睡常思，爱抱琴行吟，爱任情而动，朝堂定然容我不得；我憎应酬，憎吊丧，憎秽俗，憎庸碌，官府岂有我容身之所？我嵇康，非汤武、薄周孔，越名教而任自然，可我心中，仍有要毕生坚守的东西呀。可巨源你呢？司马宗族呢? 你们的心中，还有要毕生坚守的事物吗?

嵇康 直木不可以做车轮，曲木不能够当椽子，人们不会委屈它们原来的本性，而是让它们各得其所啊。巨源啊，人不能够因为自己喜爱华丽的帽子，而勉强其他人也要戴它，这正如鸟不能因为自己嗜好腐烂发臭的食物，而拿死老鼠来喂养幼雏呀。山野乡人，以太阳晒背为最愉快的事，以芹菜为最鲜美的食物，因此想把它献给君主，虽然出于一片至诚，但太不切合实际了啊! 巨源啊巨源，我知你美意，你却不解我寸心。也罢! 我即写下这封绝交信，既是自白，亦是警醒。巨源，我们就此别过!

（嵇康下）

旁白 傍晚，有两人在书桌旁伫立，目光死死地盯着一封信。灯火暗淡，隐隐显出两人各异的神色。一人怒目圆睁、咬牙切齿。另一人频频叹息，久久不语。

（司马昭、山涛上）

司马昭 岂有此理! 岂有此理!

山涛 唉……

《与山巨源绝交书》小组彩排花絮

创作来源　　《与山巨源绝交书》

与山巨源绝交书（节选）

〔三国〕嵇康

康白：足下昔称吾于颍川，吾常谓之知言。然经怪此意尚未熟悉于足下，何从便得之也？前年从河东还，显宗、阿都说足下议以吾自代，事虽不行，知足下故不知之。足下傍通，多可而少怪；吾直性狭中，多所不堪，偶与足下相知耳。闲闻足下迁，惕然不喜，恐足下羞庖人之独割，引尸祝以自助，手荐鸾刀，漫之膻腥，故具为足下陈其可否。

……

故君子百行，殊途而同致，循性而动，各附所安。故有处朝廷而不出，入山林而不返之论。且延陵高子臧之风，长卿慕相如之节，志气所托，不可夺也。吾每读尚子平、台孝威传，慨然慕之，想其为人。……又读庄、老，重增其放，故使荣进之心日颓，任实之情转笃。此犹禽鹿，少见驯育，则服从教制；长而见羁，则狂顾顿缨，赴蹈汤火；虽饰以金镳，飨以嘉肴，愈思长林而志在丰草也。

……吾不如嗣宗之资，而有慢弛之阙；又不识人情，暗于机宜；无万石之慎，而有好尽之累。久与事接，疵衅日兴，虽欲无患，其可得乎？又人伦有礼，朝廷有法，自惟至熟，有必不堪者七，甚不可者二：卧喜晚起，而当关呼之不置，一不堪也。抱琴行吟，弋钓草野，而吏卒守之，不得妄动，二不堪也。危坐一时，痹不得摇，性复多虱，把搔无已，而当裹以章服，揖拜上官，三不堪也。素不便书，又不喜作书，而人间多事，堆案盈机，不相酬答，则犯教伤义，欲自勉强，则不能久，四不堪也。不喜吊丧，而人道以此为重，已为未见恕者所怨，至欲见中伤者；虽瞿然自责，然性不可化，欲降心顺俗，则诡故不情，亦终不能获无咎无誉如此，五不堪也。不喜俗人，而当与之共事，或宾客盈坐，鸣声聒耳，嚣尘臭处，千变百伎，在人目前，六不堪也。心不耐烦，而官事鞅掌，机务缠其心，世故烦其虑，七不堪也。又每非汤、武而薄周、孔，在人间不止，此事会显，世教所不容，此甚不可一也。刚肠疾恶，轻肆直言，遇事便发，此甚不可二也。以促中小心之性，统此九患，不有外难，当有内病，宁可久处人间邪？又闻道士遗言，饵术黄精，令人久寿，意甚信之；游山泽，观鱼鸟，心甚乐之；一行作吏，此事便废，安能舍其所乐而从其所惧哉！

……足下见直木不可以为轮，曲木不可以为桷，盖不欲枉其天才，令得其所也。……不可自见好章甫，强越人以文冕也；已嗜臭腐，养鸳雏以死鼠也。

……野人有快炙背而美芹子者，欲献之至尊，虽有区区之意，亦已疏矣。愿足下勿似之。其意如此，既以解足下，并以为别。嵇康白。

译文

嵇康：过去您曾在山嵚面前称说我不愿出仕为官，我常说这是知己的话。但我感到奇怪的是，您对我还不是非常熟悉，不知是从哪里得知我的志趣的？前年，我从河东回来，显宗和阿都对我说，您曾打算要我来接替您的职务，这件事情虽然没有实现，但由此知道您以往并不了解我。巨源，你处事圆融，善于应变，正如那江水能容万物；我性情直爽，狷介自守，就像那燃烧的火焰，对很多事情都不能忍受。我的心胸并不那样宽广，却自有峰峦迭起，沟壑纵横。我与你本不同。《庄子》中有这样的记载：厨师羞于一人做菜，要拉祭师来帮忙。巨源，难道你也要我手执屠刀，沾上一身腥臊气味吗？

循性而动，各附所安，君子顺着各自的本性做事，原本都可以得到心灵的归宿。然而，巨源啊，当朝为官，果真能得到心灵的归宿吗？俗话说，朝廷做官的人，为了禄位，因此入而不出；隐居山林的人，为了名节，因此往而不返。但是，季札推崇子臧的高尚情操，司马相如爱慕蔺相如的气节以寄托志向，这是没有办法可以勉强改变的。读罢《老子》《庄子》，我那追求仕进荣华的热情日益衰减，而放任率真的本性则与日俱增。我便似那野外长大的麋鹿，为了挣脱羁绊，不惜赴汤蹈火；即便你用镶金笼头驾驭我，用精细饲料喂养我，我亦仍会日夜思念那茂林丰草。

我没有阮籍那样的天赋，却有傲慢懒散的缺点，又不懂人情世故，不能随机应变；缺少万石君那样的谨慎，而又有直言不讳的毛病。倘若长久与人事接触，势必招致灾祸。还有人伦礼法、国家法度，自认为可以熟知，但有七件事，我是不堪忍受的，有两件事是我无法做到的。我爱久睡常思，爱抱琴行吟，爱任情而动，朝堂定然容我不得；我憎应酬，憎吊丧，憎秽俗，憎庸碌，官府岂有我容身之所？我嵇康，非汤武、薄周孔，越名教而任自然，可我心中，仍有要毕生坚守的东西呀。可巨源你呢？司马宗族呢？你们的心中，还有要毕生坚守的事物吗？

直木不可以做车轮，曲木不能够当椽子，人们不会委屈它们原来的本性，而是让它们各得其所啊。巨源啊，人不能够因为自己喜爱华丽的帽子，而勉强其他人也要戴它，这正如鸟不能因为自己嗜好腐烂发臭的食物，而拿死老鼠来喂养幼雏呀。山野乡人，以太阳晒背为最愉快的事，以芹菜为最鲜美的食物，因此想把它献给君主，虽然出于一片至诚，但太不切合实际了啊！巨源啊巨源，我知你美意，你却不解我寸心。也罢！我即写下这封绝交信，既是自白，亦是警醒。巨源，我们就此别过！

创作感想

嵇康，字叔夜，谯郡铚县（今安徽涡阳县）人，"竹林七贤"的领袖人物，三国时魏末著名的思想家、诗人与音乐家，是当时玄学家的代表人物之一。他幼年丧父，励志勤学。他精通文学、玄学和音乐，同时英俊潇洒，别人形容他是"龙章凤姿，天质自然"。他博览群书，学不师授，知识渊博。他有很高的音乐修养，也擅长书法。他的诗歌文章，没有陈腐伪饰之词，直指本心本性，"意趣疏远，心性放达""刚肠疾恶，轻肆直言，遇事便发"。他的名篇《与山巨源绝交书》及对《广陵散》的喜爱便是他愤世嫉俗、刚正不阿的充分体现。他坚定的理想主义生活态度、独善其身的努力、浊世佳人般的洁身自好，使他成为当时和后世文人中精神旗帜式的人物，他也被称为中国文化史上最伟大的失败英雄。我们欣赏嵇康的才华横溢，更欣赏他率真正直的为人，我们要追求高尚的情操，坚守正派之秉性，扬勤奋刻苦之学风，真正做一个明理通达的人。

五柳先生

李若微

剧情梗概

陶渊明，名潜，字元亮，别号五柳先生。他生活在东晋末期到南朝初期，是中国伟大的诗人、文学家、思想家，"田园诗派之鼻祖"。他在祖父的熏陶下，从小博览群书，勤于思考，兴趣广泛。他曾先后担任江州祭酒、桓玄幕僚、镇军参军等职务，但当时政治倾轧的黑暗和残酷令他失望。在担任彭泽县令时，因不愿拜见前来视察的督邮，愤然辞官而去，在任仅八十余天。加之小妹的去世噩耗，陶渊明无心官场，开始了归隐田园的生活。担任江州刺史的檀道济听闻陶渊明之名，也曾去看望他并赠以酒肉，劝他出仕，遭到陶渊明拒绝，所赠酒肉也没有收下。陶渊明淡泊明志的气节深深影响了后人。

剧情人物

祖父、少年陶渊明、桓玄、幕僚、士兵、陶渊明、妻子、张大人、南山、程武、友人、老农、檀道济、苏轼、孟浩然、欧阳修、白居易

朝代

东晋

《五柳先生》小组彩排花絮

第一幕 少年陶渊明

（陶渊明进场，拿书，念《论语》。其祖父也踱步进场）

祖父 （摸摸胡子）元亮，祖父见你每日认真进学，将来可是有什么大志向？

少年陶渊明 （一脸认真）学而优则仕，长大以后我想做一个正直的好官。

祖父 你可知道，做官可不容易，特别是做一个好官。

少年陶渊明 （点了点头，一脸坚定）我知道，官场虽黑暗，但我立志成为像曾祖父一样的人物，大展宏图。

祖父 （将了将胡须，拍了拍陶渊明的肩膀，点点头感叹）好啊！好啊！

（祖父、陶渊明退场）

旁白 多年之后，陶渊明终于入仕为官。

第二幕 初入官场

（桓玄和幕僚走入场中，陶渊明接着入场。桓玄与一众幕僚饮酒论事，士兵冲入场，在桓玄面前半蹲，手作揖）

士兵 报——玄公，攻下的这座城池，该怎么处置俘虏？

桓玄 （左手拿酒杯，右手一挥）全都杀了。

（陶渊明皱眉，拿着酒杯摇摇头）

桓玄 （举酒杯敬酒）诸位都是功臣，待我有朝一日夺得那皇位，不会亏待大家的。

幕僚 （一拱手）恭祝主公！我等定当尽心竭力。

陶渊明 （叹了口气，轻声说）桓玄狼子野心，为人残暴，我不愿再为这种人效力。

（说完，桓玄和幕僚先退场，陶渊明走到场地的另一边，妻子走入）

旁白 不久，陶渊明以母亲去世为借口，辞官回家。没有了俸禄，家境每况愈下。

第三幕 困顿生活

（妻子打开米缸，叹了口气。陶渊明走到妻子身边，妻子瞄一眼陶渊明，紧张地关上米缸）

陶渊明 是家里的余粮不多了吗？

（妻子看一眼米缸，看一眼陶渊明，默默地点点头）

陶渊明 （叹了口气）我会想办法的，你不必担心。

（妻子看看陶渊明，抓住陶渊明的手）

妻子 你莫不是想回去？你辞官之后，咱们日子虽清贫，但也好过你在官场日日忧心。

（陶渊明看了一眼妻子，又低头重重叹了口气。妻子离场。陶渊明坐下看书，喝茶）

陶渊明 俗话说的好，齐家治国平天下，我连家中生计都无法维持，何来完成更大的政治抱负？家中的情况每况如下，我如果连家都无法照顾好，那就真的愧对于我学的大道了。

第四幕　不为五斗米折腰

旁白 陶渊明自二十九岁出仕后接连三次辞官，而这一次，由于家中生计无法维持，已穷得揭不开锅，无奈只得接受彭泽县令一职。某日下午，陶渊明正在家中的院子里品茗、阅读，此时张大人来访。

（张大人入场）

张大人 陶大人，上任以来可还习惯？

（陶渊明起身，走到桌前，作礼）

陶渊明 张大人，有失远迎，有失远迎！一切都还好，只是心中略微有些不自在。

（张大人拍拍陶渊明的肩膀）

张大人 哎！这不碍事，待你习惯后就会十分向往为官的生活的。今日张某前来，是要叮嘱你一些事情。

陶渊明 哦，张大人，您先请坐。南山，给张大人倒茶。

（张、陶坐下，南山上场给张大人倒茶）

陶渊明 张大人，你有何事需要嘱咐陶某呢？

张大人 上头过几日要派一督邮来彭泽巡视。这事陶大人是否知晓？

陶渊明 略有耳闻，略有耳闻。

张大人 你将作何打算？

陶渊明 上级巡视，我自然会好好招待。明日我便派人去清理出一间屋子给督邮备下。他来的时候，再管他三顿饱饭。总之，这些迎客的礼数自然是不会少的。

张大人 仅此而已吗？

陶渊明 难道张大人还觉得哪里不妥吗？

张大人 这督邮本无什么真才实学，听说是凭家中势力才谋得这好差事。每次巡视，当地官吏就束带亲自到城门口迎接，然后又接连几日大办宴席宴请他。待巡视过后，这些款待他的当地官吏便会官升一级。陶大人，难道你没有什么想法吗？

陶渊明 张大人，你觉得我应该有什么想法呢？

张大人 陶大人，这可是个升官的好机会啊，你得好好把握。这样吧，我给你支一妙招。督邮来访之日，你就束带亲自到城门口迎接他，以示敬意，之后你再大摆宴席给他接风洗尘，待四周无人时再……

（张大人靠近陶渊明耳朵，最后一句声音放轻。陶渊明震怒，拍案而起）

陶渊明 张大人！你！怎！么……

张大人 陶大人，我可是为您着想啊！

陶渊明 我为人一向正派，又岂能为这五斗米，向这乡里小儿折腰！

（陶渊明转过身）

陶渊明 好了，陶某有些乏了，想休息会儿，大人请回吧。南山，送客！

张大人 陶大人，你……你还是好好想想吧！

南山 张大人，请！

第五幕 报丧归去

南山 大人，外面有一个从武昌来的人求见。

程武 小人程武拜见陶大人。

陶渊明 程武兄弟不必多礼，为何这身打扮？

程武 回大人，小人是武昌程家人。今日前来是替我家老爷来报丧的。

陶渊明 报丧？故者是……

程武 故者是陶大人的小妹。

陶渊明 程兄弟，有劳你前来报丧，你暂且在这住下，缓缓舟车劳顿之苦。南山，带客人去休息。

陶渊明 督邮来访，张大人让我好好招待他，为升官加爵，可我不愿这么做。昏暗的官场处处如此，陶某我，实在不愿再待下去。小妹的去世，实在是令我悲痛，就此回乡悼念，再也不回官场。

旁白 陶渊明不愿为五斗米折腰，以奔丧为由辞官归去，奔丧之后，他真正踏上了归隐的路途，开始了新的生活。

第六幕 闲适言志

陶渊明 南山，你同我四处逛逛。

南山 大人，我们要到哪儿去？

陶渊明 就是走走逛逛，哦对了，不要叫我大人了，我已经辞官了。

南山 先生，俗话说"学而优则仕"。你有如此才华，为何要辞官归隐呢？

陶渊明 哎呀，我又何尝不知呢？我年少时也有入仕的志向，有造福一方百姓的愿望。但这官场险恶，我既看不惯，也无力改变，何不归隐田园，饮酒作诗呢？

南山 先生果真不是世俗之人。

第七幕 作下千古名篇

旁白 几日后，好友拜访陶渊明。

友人 只可惜你放弃了此次出仕为官的机会，你可知这样一来，你的生活就难以维持了。

陶渊明 我现在对官场生活已十分厌倦，我质性自然，怎能忍受得了与那些小人同流合污呢！我现在的生活是清苦了一些，但每日在园中散步，欣赏四周的自然景物，不失为一大乐趣呀! 偶尔拄着拐杖出去，随走随停，多么闲适!

友人 看来陶兄已然领悟生活的真谛了!

陶渊明 也谈不上领悟，只是顺心而活罢了，以家人们的知情话为喜悦，以弹琴读书为快乐，以此来消除愁闷，我还要追求什么荣华富贵呢?

友人 好一个顺心而活! 日出而作，日落而息，尽管辛苦，倒也充实! 在下佩服啊!

旁白 陶渊明一人在屋里静思，想着近日的归隐生活，又想起刚才与友人的谈话，不禁文思泉涌，走到桌前写下广为传颂的千古名篇《归去来兮辞》。

（陶渊明开始唱起《归去来兮辞》）

第八幕 老农上门

（老农提酒上门敲门）

旁白 清晨闻叩门，倒裳往自开。

陶渊明 （急匆匆地倒穿衣服，开门）谁啊?

老农 是我，老田。

陶渊明 （接过酒）您携酒远道来问候是为何?

老农 褴褛茅檐下，未足为高栖。一世皆尚同，愿君汩其泥。

陶渊明 （摇摇头，深深感谢田父所言）奈何我天生不合群。仕途做官诚可学，违背初衷是迷心。且共欢此饮，吾驾不可回。

第九幕　种田采菊

（陶渊明扛着锄头出门走到南山）

陶渊明　种豆南山下，草盛豆苗稀。清晨早起下地铲除杂草，杂草
比豆苗生得还要旺盛呢，哈哈。

（锄地的动作，左右观望，观察地上稀疏的豆苗。一个农民路过，与陶
渊明相视一笑）

陶渊明　我地里的桑麻日益长高，我开垦的土地日益变广。

老农　那就等着丰收吧。

陶渊明　（内心独白）要是严寒的霜雪突然来临，使我的桑麻变成零
落的杂草，那可怎么办呐！

陶渊明　（扛起锄头，边走边吟）晨兴理荒秽，带月荷锄归。道狭草木
长，夕露沾我衣。衣沾不足惜，但使愿无违。

（路过一片篱笆，上面有一丛菊花。陶渊明驻足欣赏，摘取一朵，慢走离开）

陶渊明　（驻足欣赏山中夕阳）采菊东篱下，悠然见南山。

旁白　山气日夕佳，飞鸟相与还。此中有真意，欲辨已忘言。

第十幕　檀陶之交

（檀道济左手拿袋子，右手拿酒壶，坐在陶渊明的对面。陶渊明想起身
拒绝。檀陶多次推让，最终陶只接受了一壶酒）

檀道济 陶先生，我此次来的目的你也知道。贤者在世，天下无道则隐，有道则至，如今你身处文明之世，奈何自苦如此？

（碰杯喝酒）

陶渊明 （长叹一口气）潜也何敢望贤，志不及也。结庐在人境，而无车马喧。问君何能尔，心远地自偏。潜不戚戚于贫贱，不汲汲于富贵。少无适俗韵，性本爱丘山。误入尘网中，一去三十年。羁鸟恋旧林，池鱼思故渊。

（陶渊明望向窗外，诵完，檀久久不能语，起身，拜陶，离开）

第十一幕 后人评价

旁白 从年少时的"猛志逸四海"，到三进三出，官场沉浮，"不为五斗米折腰"，最终辞官归隐。在田园生活中，到达心中的桃花源。千百年来，不知有多少文人雅士赞颂他。

苏轼 （上前朗诵）陶渊明欲仕则仕，不以求之为嫌；欲隐则隐，不以去之为高。

孟浩然 （上前朗诵）尝读高士传，最嘉陶征君。日耽田园趣，自谓羲皇人。

欧阳修 （上前）晋无文章，惟陶渊明《归去来兮辞》一篇而已。

白居易 （上前）吾闻浔阳郡，昔有陶征君。爱酒不爱名，忧醒不忧贫。归来五柳下，还以酒养真。人间荣与利，摆落如泥尘。

创作来源　《饮酒（其九）》《归园田居（其三）》
《饮酒（其五）》《仲夏归汉南园，寄京邑耆旧》
《东坡题跋·书李简夫诗集后》

饮酒（其九）

［东晋］陶渊明

清晨闻叩门，倒裳往自开。问子为谁与？田父有好怀。

壶浆远见候，疑我与时乖。褴褛茅檐下，未足为高栖。

一世皆尚同，愿君汩其泥。深感父老言，禀气寡所谐。

纡辔诚可学，违己讵非迷。且共欢此饮，吾驾不可回。

译文

　　清早听到敲门声，匆匆忙忙来不及整衣去开门。请问来者
是何人？原来是善良老农。老农携酒远道来问候，担心我与世
相离分，说我穿着破衣烂衫住在破败的茅檐下，与我的身份不
相称，劝我说这世道哪个人不走做官的路，何必要特立独行、
不合时宜。我感谢老人家的好言相劝，只是我天生不合群，要
我调转马头和大家同走一条道，也不是不可以，但那并非我本
意，这岂不是人生最大的迷失？老人家远道而来，我们就一起
高高兴兴喝酒吧，至于我的愿望，却是不可改变的。

归园田居（其三）

〔东晋〕陶渊明

种豆南山下，草盛豆苗稀。晨兴理荒秽，带月荷锄归。
道狭草木长，夕露沾我衣。衣沾不足惜，但使愿无违。

译文

我在南山下种植豆子，地里野草茂盛而豆苗稀疏。
清晨早起下地铲除野草，傍晚顶着月色扛着锄头回家。
道路狭窄草木丛生，夜间露水沾湿了我的衣裳。
衣衫被沾湿并不可惜，只要不违背我归隐的心愿。

饮酒（其五）

〔东晋〕陶渊明

结庐在人境，而无车马喧。问君何能尔？心远地自偏。
采菊东篱下，悠然见南山。山气日夕佳，飞鸟相与还。
此中有真意，欲辨已忘言。

译文

　　我虽然将茅屋盖在尘俗世间，但照样可以远离世俗的纷扰。你问我是如何做到的，因为我的心远离了名利场上的竞逐，自然就能清静了。我在东篱之下采摘菊花，偶然间抬头，看见那远处的南山。山气氤氲，夕阳西下，黄昏的景色真美，还有三两只飞鸟，结着伴儿飞回来。心中涌起多少滋味，想要说清楚，却又无法用语言表达。

仲夏归汉南园，寄京邑耆旧

〔唐〕孟浩然

尝读高士传，最嘉陶征君。日耽田园趣，自谓羲皇人。
予复何为者，栖栖徒问津。中年废丘壑，上国旅风尘。
忠欲事明主，孝思侍老亲。归来当炎夏，耕稼不及春。
扇枕北窗下，采芝南涧滨。因声谢同列，吾慕颍阳真。

译文

　　曾经读《高士传》，最欣赏陶渊明。每天沉溺于田园情趣，自称是伏羲之前的人，生活清闲自适。而我在做什么，每天奔波忙碌在功名路上。陶渊明中年归隐山林，远离官场尘世。而我想忠事明主不得，便为孝侍父母而归来。回来正值炎夏，耕种不如春天好。在北窗下摇着扇子枕睡，在南涧旁采药。感谢朋友们，我已决定学陶渊明、许由归隐田园，不再出仕。

东坡题跋·书李简夫诗集后

［北宋］苏轼

　　欲仕则仕，不以求之为嫌；欲隐则隐，不以去之为高。饥则扣门而乞食；饱则鸡黍以延客。古今贤之，贵其真也。

译文

　　想要做官，那就去追求，不要因为追求仕途而感到不好意思。想要归隐山林，那就去归隐，也不要以为归隐就显得清高。饥饿就敲门乞讨食物，饱了就杀鸡宴请宾客。古往今来的贤人智者，可贵之处在于其本性率真。

创 作 感 想

　　正如本剧最后一幕所说的——陶渊明从年少时的"猛志逸四海"，到三进三出，官场沉浮，"不为五斗米折腰"，最终辞官归隐，在田园生活中到达了心中的桃花源。他的田园诗向我们展示的不止于文学上的优美和惬意，还是文化意义上的一种人生态度，是现实意义上的一种理想生存状态的诗意表达，为我们树立了一个真诚豁达、廉洁高尚的形象。他用实际行动阐释了平凡人生的意义，活出了平淡人生的超凡境界。千百年来，陶渊明淡泊明志的思想感染了众多文人，他的真诚、狷介的品格，不图虚名、不畏权势的人格品质也感染了我们小组的同学。他让现代人对名利进行重新审视，在一定程度上提醒着现代人要重视自己的操守，廉洁自律。正如他自述的"不戚戚于贫贱，不汲汲于富贵"那样，不为贫贱而忧虑悲伤，不为富贵而匆忙追求。

不为五斗米折腰

林姿含

剧情梗概

　　义熙元年（405），陶渊明在亲戚朋友的劝说下，出任彭泽县令。到任八十多天，碰到浔阳郡派遣督邮来检查公务，浔阳郡的督邮刘云，以凶狠贪婪远近闻名，陶渊明不为五斗米折腰，看不惯官场贪官腐败堕落的做派，愤然辞官回乡。

剧情人物
陶母、陶渊明、小吏、县令

朝代
东晋

《不为五斗米折腰》小组彩排花絮

第一幕 安贫乐道

旁白 陶渊明出生在一个没落的官僚家庭中，他的曾祖父是东晋著名的大将军陶侃，但到他这一代，家道已经败落，生活贫困。尽管如此，陶渊明从小还是受到了良好的家庭教育。他博览群书，养成了不爱慕虚荣、不贪图富贵的高洁品格。

陶母 孩子，吃饭啦，家中贫苦，只有这点米粥了。(虚弱、温柔的语气)

陶渊明 （正坐在位子上看书）不要紧，母亲，我有这么多圣贤书看就足够了。(笑着乐观地说，并用手指了指书，陶母顿时也笑了起来)

旁白 东晋末期，朝政日益腐败，官场黑暗。

第二幕 灾情严重

（陶渊明正在看书的时候，小吏走了进来，半跪，双手捧着灾情记录）

小吏 大人，这是您要的灾情记录，上面汇总了最近乡里的灾情，请您过目。(举高灾情记录)

（陶渊明放下手中的书，双手放后，从位子上走到了小吏面前，接过奏文，

打开一看）

陶渊明　（眉头一皱）哎呀！没想到灾情竟是如此严重。（在室内反复踱步，沉吟思量）

陶渊明　我得去找县令大人，与他商量对策。

第三幕　不畏权贵，心系百姓

（画面一转，衙门内）

旁白　歌舞升平，丝竹曼曼，琼浆玉露，酒池肉林。县令正大摆筵席，厅堂上明镜高悬，厅堂里面的人过着骄奢淫逸的生活。

县令　（斜躺在椅子上，脚也放在椅子上，一副悠然自得的样子，手上还举着酒杯）好，跳得好，一会儿重重有赏。

县令　（微醺）来来来，大家干了这一杯，尝尝这上好的女儿红。（一口饮下酒）

陶渊明　（突然出现）县令大人，下面乡里的灾情……（看到如此荒诞的场景，噎住了）

县令　（握着酒杯，眯着眼）是陶渊明来啦，难得你一起，来，过来一起喝！（举了举酒杯示意）

陶渊明　（痛心疾首）大人，下面的百姓正处在水深火热中……

县令　（晃晃酒杯）我管他（重音）们那么多，只要我能吃饱喝足，那些草民，爱怎样怎样……（歌舞依旧）

陶渊明 （震惊）大人！（用手指指着县令）你拿着朝廷的俸禄，（双手摊开）却这样为官，难道你心里不会有愧吗？（歌舞依旧）

县令 哈哈哈，朝廷？（双手摊开）且不说咱们这儿山高皇帝远，（手指指此地）他管不着，就算管得着，也懒得管这么多（此时陶渊明强忍怒气）。我告诉你（拿着酒杯），皇上此刻过的，也是和我们一样的生活，人生苦短，及时行乐，啊哈哈哈哈哈哈！

陶渊明 你、你这个昏官！（咬牙切齿、愤怒）

县令 你说什么？你再说一遍！（拍案而起）好你个陶渊明，（用手指指着陶渊明）不想要乌纱帽了是不是！（愤怒）

陶渊明 （叹了一口气）这样的官，你当我稀罕，不做也罢！（甩袖，背手，扭头就走）

第四幕 不为五斗米折腰

小吏 大人，浔阳郡督邮刘云大人来我县检查公务，马上就要到县衙了。（从门外走进来禀告，语气着急，慌张匆忙）

陶渊明 哦，好好好，那咱们快快准备，前去迎接。（从案前站起匆匆准备前去迎接）

小吏 大人，您打算就这样去迎接刘大人？（语气反问，充满迟疑）

陶渊明 啊？还不赶快，刘大人不是马上就要到了吗？（语气着急）

小吏 大人，使不得呀!（语气缓慢劝导）

陶渊明 怎么了? 有什么不妥吗?

小吏 大人，您才上任不足三月，也难怪不知道。据说，这个刘大人，凶狠贪婪是远近闻名的，他每年都要以巡视为名，来向下辖县令索要贿赂。如果不能满载而归，就要栽赃陷害呀!

陶渊明 还有这等事?

小吏 是啊，大人您可不知道，上一任县令大人就是因为不服他的欺压，没过多久就丢了官职。（详细解说，表情苦闷）

陶渊明 （言辞肯定，语气坚定，坚持正义）哼，我就不信他一个小小的督邮，就真能无法无天。（音量逐渐增大）我就不信，这世道真的是正不压邪?（说完开始往门外走）

小吏 （跑去拉着陶渊明，恳切地说）大人，（声音稍微拖长一点）大人，您听我一句，您是个好官，可是他毕竟是您的上司，您可不能因为这个得罪他，不值啊!

陶渊明 （面朝小吏）那依你看，我应该怎么迎接他呢?

小吏 （语气谦卑）属下以为，应当穿戴整齐，备好礼品，然后恭恭敬敬地去迎接他。

陶渊明 哈哈哈哈哈哈，穿戴整齐? 备好礼品?（笑声爽朗）

小吏 （疑惑不解）大人，您笑什么?

陶渊明 唉!（叹口气）我一生清正，却要受这种小人要挟，（边说话边把帽子摘下来）这县令的五斗米俸禄就能让我去向这种小人献殷勤吗?（语气逐渐愤怒，咬字逐渐用力）

小吏 （抬手）大人，您这是……

陶渊明 （拿着帽子）若要向这样的小人献媚，这官，我不做也罢!

（义正词严，语气激烈且坚定，把摘下来的帽子放到公堂的桌子上，背过手，再转身径自走出公堂）

（小吏有些震惊，拱手目送着陶大人，并叹息）

小吏 大人……（挽留，不舍）

旁白 就这样，陶渊明从此再也没有做过官，这也是历史上有名的不为五斗米折腰的故事。

创作来源 《晋书·陶潜传》

创作感想

陶渊明是东晋后期的诗人、文学家。他生性淡泊，在家境贫困、入不敷出的情况下，仍然坚持读书作诗；他关心百姓疾苦，有着"猛志逸四海，骞翮思远翥"的志向。他怀着"大济苍生"的愿望五次出仕，却又五次归隐，不恋名利，寄情山水，留下了许多千古流传的诗文。

我们从"何为廉洁？"出发，探究"廉""洁"二字的渊源，从古典诗文中品味"廉""洁"二字的内涵，并选取陶渊明最后一次做官时"不为五斗米折腰"的典故为小剧场，讲述了陶渊明在不惑之年出任彭泽县令，而不肯趋炎附势，不愿苟且逢迎，发出"吾不能为五斗米折腰向乡里小人"的慨叹，弃职而去的小故事。

过去念的诗人的《饮酒》"结庐在人境，而无车马喧。问君何能尔？心远地自偏。采菊东篱下，悠然见南山。山气日夕佳，飞鸟相与还。此中有真意，欲辨已忘言"的诗句，便感受到他的不慕名利、不趋权贵、超尘脱俗，而今习得"不为五斗米折腰"的故事，更是让人感悟到他不阿谀奉承、不攀附权贵的廉洁品质，领略到他矢志不渝、追求本真的廉洁风采。陶渊明不仅为后人留下了许多佳作名句，更留给世人一份超凡脱俗的精神财富。

靖节先生陶渊明

徐之兰

剧情梗概

　　陶渊明出任彭泽县令时，县里派督邮来了解情况、检查公务时，要求他穿戴整齐、恭恭敬敬地去迎接。陶渊明不想趋炎附势，不愿为五斗米向这些贪官污吏低眉俯首，便辞掉官职，永远脱离了官场，从此归隐田园。

剧情人物
朋友、陶渊明、刘云、书童、随从

朝代
东晋

第一幕　友劝逢迎

旁白　义熙元年，为养家糊口，已过不惑之年的陶渊明在朋友的劝说下，再次出任彭泽县令。

朋友　陶兄今日可安好？

陶渊明　可也，可也。

朋友　我听闻明日寻阳郡里派督邮刘云来检查公务，那是上面派下来的人，你应当穿戴整齐、备好礼品，恭恭敬敬地去迎接。

陶渊明（长长叹了一口气）那刘云虽为督邮，却贪污腐化，到处欺压百姓、搜刮民财。我怎能为了县令的五斗薪俸，就低声下气去向这种小人送礼献媚呢!

第二幕 不为五斗米折腰

（次日卯时）

书童 先生先生，刘大人到了，赶紧换上官服、扎上大带，出去迎接吧!

陶渊明 凭什么让我穿官服、扎大带，哼!

随从（一手开门，一手为刘云扇风）大人请——

刘云（四处张望，随从为其扇风）这是什么破地方，真是脏了我这身好衣裳。你这大胆小县官，居然衣冠不整，成何体统!

陶渊明 不知大人有何贵干，若无事便请回吧，怕是我这一无所有的"小破庙"会脏了您的鞋。（脏字重读）

刘云（气急败坏）陶渊明你别不识抬举，我回去就在太守面前参你一本，你给我等着!

陶渊明（把官印重重放在桌上）且慢，官印在此，这官我不做了。与其为了区区五斗米折腰，还不如归隐山田，回归本性。

陶渊明 种豆南山下，草盛豆苗稀。晨兴理荒秽，带月荷锄归。道狭草木长，夕露沾我衣。衣沾不足惜，但使愿无违。

旁白 辞官后，陶渊明写下《归去来兮辞》告别官场。这篇写于作者辞官之初的文章叙述了他辞官归隐后的生活情趣和内心感受，表现了陶渊明对官场的认识以及对人生的思考，体现了他洁身自好、不与世俗同流合污的精神情操。欧阳修后来评论："晋无文章，惟陶渊明《归去来兮辞》一篇而已。"

创作来源 《归去来兮辞》《归园田居·其三》

归去来兮辞

［东晋］陶渊明

余家贫，耕植不足以自给。幼稚盈室，瓶无储粟，生生所资，未见其术。亲故多劝余为长吏，脱然有怀，求之靡途。会有四方之事，诸侯以惠爱为德，家叔以余贫苦，遂见用于小邑。于时风波未静，心惮远役，彭泽去家百里，公田之利，足以为酒。故便求之。及少日，眷然有归欤之情。何则？质性自然，非矫厉所得。饥冻虽切，违己交病。尝从人事，皆口腹自役。于是怅然慷慨，深愧平生之志。犹望一稔，当敛裳宵逝。寻程氏妹丧于武昌，情在骏奔，自免去职。仲秋至冬，在官八十余日。因事顺心，命篇曰"归去来兮"。乙巳岁十一月也。

归去来兮，田园将芜胡不归？既自以心为形役，奚惆怅而独悲？悟已往之不谏，知来者之可追。实迷途其未远，觉今是而昨非。舟遥遥以轻飏，风飘飘而吹衣。问征夫以前路，恨晨光之熹微。

乃瞻衡宇，载欣载奔。僮仆欢迎，稚子候门。三径就荒，松菊犹存。携幼入室，有酒盈樽。引壶觞以自酌，眄庭柯以怡颜。倚南窗以寄傲，审容膝之易安。园日涉以成趣，门虽设而常关。策扶老以流憩，时矫首而遐观。云无心以出岫，鸟倦飞而知还。景翳翳以将入，抚孤松而盘桓。

归去来兮，请息交以绝游。世与我而相违，复驾言兮焉求？悦亲戚之情话，乐琴书以消忧。农人告余以春及，将有事于西畴。或命巾车，或棹孤舟。既窈窕以寻壑，亦崎岖而经丘。木欣欣以向荣，泉涓涓而始流。善万物之得时，感吾生之行休。

已矣乎！寓形宇内复几时？曷不委心任去留？胡为乎遑遑欲何之？富贵非吾愿，帝乡不可期。怀良辰以孤往，或植杖而耘耔。登东皋以舒啸，临清流而赋诗。聊乘化以归尽，乐夫天命复奚疑！

译文

我家贫穷，耕田植桑不足以供养一家人的生活。家里孩子很多，米缸里没有存粮，维持生活所需的一切，没有办法解决。亲友都劝我去做官，我心里也有这个念头，可是求官缺少门路。正赶上各地势力争权夺势，纷纷以招揽人才、爱惜人才为美德，叔父也因为我家境贫苦（替我设法），我就被委任到小县做官。那时社会动荡不安，心里惧怕到远地当官。彭泽县离家一百里，公田收获的粮食，足以维持生活，所以就请求去那里。没过多久，便产生了留恋故园的怀乡感情。那是为什么？本性任其自然，这是勉强不得的；饥寒虽然来得急迫，但是违背本意去做官，身心都感到痛苦。过去为官做事，都是为了糊口饱腹而役使自己。于是惆怅感慨，深深有愧于平生的志愿。只想再等上一年，便收拾行装离去。不久，嫁到程家的妹妹在武昌去世，去吊丧的心情像骏马奔驰一样急迫，自己请求辞去官职。从立秋第二个月到冬天，在职共八十多天。因辞官而顺遂了心愿，写了一篇文章，题目叫"归去来兮"。这时候正是乙巳年（晋安帝义熙元年）十一月。

回家去吧！田园快要荒芜了，为什么不回去呢？既然自己的心灵为形体所役使，为什么如此失意而独自伤悲？认识到过去的错误已经不可挽回，知道未来的事还来得及补救。确实走入迷途大概还不远，觉悟到今天的做法正确，之前的错误。船在水上轻轻飘荡，微风吹拂着衣裳。向行人打听前面的路，遗憾的是天亮得太慢。

刚刚看到自己简陋的家门，我心中欣喜，奔跑过去。家童欢快地迎接我，幼儿们守候在门庭等待。院子里的小路快要荒芜了，松树菊花还长在那里；带着孩子们进了屋，美酒已经盛满了酒樽。我端起酒壶酒杯自斟自饮，观赏着庭树（使我）露出愉快的神色；倚着南窗寄托我的傲世之情，深知这狭小之地容易使我心安。每天（独自）在园中散步，成为乐趣，小园的门经常关闭着；拄着拐杖走走歇歇，时时头望着远方（的天空）。白云自然而然地从山峰飘浮而出，倦飞的小鸟也知道飞回巢中；日光淡，即将落山，我流连不忍离去，手抚着孤松徘徊不已。

回家去吧！让我同外界断绝交游。他们的一切都跟我的志趣不合，还要驾车出去追求什么？跟亲戚朋友谈心使我愉悦，弹琴读书能使我忘记忧愁；农夫把春天到了的消息告诉了我，将要去西边的田地耕作。有时驾着有布篷的小车，有时划着一条小船，既要探寻那幽深的沟壑，又要走过那高低不平的山丘。树木欣欣向荣，泉水缓缓流动，（我）羡慕万物恰逢繁荣滋长的季节，感叹自己一生行将告终。

算了吧！活在世上还能有多久？为什么不随心所欲，听凭自然的生死？为什么心神不定，还想去什么地方？富贵不是我所求，升入仙界也没有希望。爱惜那良辰美景我独自去欣赏，有时扶着拐杖除草培苗。登上东边山坡我放声长啸，傍着清清的溪流把诗歌吟唱；姑且顺随自然的变化，度到生命的尽头。抱定乐安天命的主意，还有什么可犹疑的呢！

创 作 感 想

《归去来兮辞》和《归田园居》这两首诗叙述了诗人辞官归隐后的生活情趣和内心感受，阐述了诗人对官场的认识以及对人生的思索，表达了诗人对黑暗的厌恶和鄙弃，以及对农村的自然景物和劳动生活的赞美，反映了诗人对当时官场的厌恶和对农村田园生活的向往，体现了诗人洁身自好、不同流合污的情操。

陶渊明的诗歌中所表现的不愿同流合污的高贵品质与廉洁思想，影响了后代文人不向权贵屈服，不与庸俗之辈为伍的风骨。唐代诗人李白"安能摧眉折腰事权贵"的傲然性格，同陶渊明"不为五斗米折腰"的思想精神是传承相通的。只要控制不住的私心，没有推不掉的人情。只有守住一颗廉洁心，做到"心不动于微利之诱"，才能时刻正心明道、拒礼防腐，守持廉德、立起标杆。新时代的大学生，肩负着中华民族伟大复兴的历史使命。我们的思想道德素质、廉洁意识将直接关系到党和国家的前途和命运。所以，我们更需要去品读陶渊明的诗，品味他们的思想和人生观，从鉴赏中树立正确的是非观、义利观、价值观，坚定理想信念，成为社会主义合格建设者和可靠接班人。

彭泽挂印

张思雯

剧情梗概

　　陶渊明尽管家徒四壁，但仍保持着廉洁的精神操守。他在彭泽任县令期间，尽自己所能查清彭泽县的户口，以此来促进民生发展。他从城北大户何泰开始着手，以迅雷不及掩耳之势彻查了户口并减少成年男丁所缴纳的税米。此举赢得了百姓的尊重，却也引起了一些小人的不满。一日，仗势欺人的官员刘云偕其妻子以及一干奴仆摆着架子来到了陶渊明家中，一进门便无礼地大声嚷嚷。陶渊明自身品行高洁，自然瞧不上仗势欺人的刘云，二人便起了争执。陶渊明妻子见状想要拿出嫁妆赠予刘云，以此来息事宁人，而陶渊明毅然拒绝，最终选择褪去官服，同妻子、书童隐居于世，坚决不为了这五斗米俸禄而屈服于势利小人。

剧情人物

陶渊明、何泰、何泰管家、陶渊明妻子、陶渊明书童、县令衙役1、刘云、刘云妻子、刘云随从1、刘云随从2、县令衙役2、何泰家丁、刘云随从3

朝代

东晋

旁白　陶渊明踌躇满志地来到彭泽县，一心想为百姓做好事、谋福利。而彭泽县的状况却不容乐观，农民的负担很重，一些荒芜的山林沼泽地无人愿意开垦，甚至有的农户还将一些贫瘠的土地丢弃，抛荒不种。隐匿人口情况严重，出现了在籍人口远远少于实际人口的怪现象，导致官府税收减少，负担转嫁到了普通农民身上。面临这种情况，陶渊明上任后所要做的第一件事就是清查户口。

第一幕 陶渊明家中思对策

陶渊明 （执笔书写）唉，如今百姓生活困苦，我身为彭泽县令定要彻查这县中怪象，当务之急就是清查户口。只是这指令颁布下去竟遭到了这么多阻挠，一个个财主豪绅，不想着为民出力，反倒各种胡搅蛮缠，拖累进度。唉——（叹气，摇头）

陶渊明 （猛地将笔放下）对了，都说"擒贼先擒王"，若是我能将那城北大户何泰家中情况探个干净，还怕其他人不配合吗？（站起身来）来人，随我一同去何泰家。

第二幕 陶渊明突访何泰探真相

何泰家丁 （慌忙跑进大堂）不好了，不好了，老爷，陶大人来了。他领着一帮子人，已经过了大门了，老爷，只怕他是来寻我们麻烦的呀！

何泰 （猛地站起，慌张）什么！（忽而又想到了什么，笑了笑，又坐下了）慌什么，不过是个县令罢了。还不是拿点钱就打发了，他们这些官员就拿着五斗米的俸禄，只怕是养活自己都难呢，还敢来找我们的麻烦？既然他要来，便让他来！

陶渊明 （大步走入大堂，沉着脸问道）何老爷，我想你是聪明人，应该已经知道我前来所为何事了吧！

何泰 （站起身来讨好地笑）大人，何必发如此大的火，我们不妨坐下来慢慢说。（扭头对家丁说）快去把我准备的见面礼拿来，蠢奴才，竟这般愚钝！（家丁将装有银钱的箱子取来，并向陶渊明打开，何泰搓着手对陶渊明笑道）大人，小小敬意不足挂齿，您看，您还满意吗？不如我们……

陶渊明 （猛地挥开何泰的手，愤怒）本官可不是你用钱便能随意打发的！（用手指向何泰）何泰，本官命你现在就将花名册拿出来，若你还想耍花招来糊弄，小心我将你抓入大牢。

何泰 （面如土色，瑟瑟发抖）是、是，大人，我这就命人去取，我这就命人去取。（对家丁怒斥）你没听到我说的话吗？还不快去找管家将花名册取来！

何泰管家 （拿着花名册匆匆前来，跪下，递上花名册）大人，花名册都在这儿了。

陶渊明 （拿起花名册细细查看）哼，何泰啊何泰，你真是胆大包天，居然敢隐瞒成年家丁两百余名，还拒不上报，妄图用钱财收买本官。我看，你的好日子要到头了！（说罢，扬长而去）

何泰 （跌坐在地上，痛哭流涕）完了，全完了啊！

旁白 通过彻查何泰家中人口情况，陶渊明有效地威慑了彭泽县其他土豪劣绅，在半个月的时间内便清查出被隐瞒的成年男丁三千多名。初战告捷之后，他又布告周边各地，宣布从次年开始，每个成年男丁所缴纳的税米由原来的五石减少为三石，县民齐声欢呼，纷纷赞扬新县令的英明。而他的所作所为也引起了一些小人的不满，督邮刘云便是其中的一位。

第三幕 刘云偕家眷查访陶渊明

刘云随从1 （高声喊着）刘大人，到！

刘云随从2 （对书童）快去告诉你家主子，我们家刘大人来了，还不速速出来迎接。

陶渊明书童 （慌忙）先生，先生，刘大人来了，您赶紧穿上官服前去迎接，可耽误不得。

陶渊明 他又不是圣上，（双手抱拳，举过头顶）凭什么要让我穿官服，戴大带，哼！

刘云 （对随从说）撩帘子啊！没眼色的狗东西！

刘云随从3 （一手撩帘子，一手扇扇子）大人请！

刘云 （坐在椅子上，跷着二郎腿）这是什么破地方，一股穷酸劲儿，不知道的还以为入了猪圈了呢！可惜了我这身新衣裳，染了一股子臭味！

刘云妻子 就是！（手在鼻子前挥动着，表现出一副很嫌弃的样子）早知道这儿又脏又臭，我就不来了，何必受这罪！

第四幕 刘云与陶渊明起争执

陶渊明 （慢慢走出，在刘云面前站定）刘大人，不知您到我这"小破庙"有何指教？

刘云 （懒洋洋地眯起眼睛）哎哟，陶大人这话说的，怎么，你这地方，本官来不得？本官不过是想着还未见过你这大名鼎鼎的陶县令，故来拜访拜访罢了。陶大人，你初见本官，不知拿什么来欢迎本官啊？（用手比出钱的样子）

陶渊明 （沉下脸）刘大人，我以为彭泽县百姓安居乐业，生活富足，便是我送上的最好厚礼。若一人为官不为民，只为谋钱财，不好意思，我陶潜不屑与这种人为伍。（扭头对书童喊道）书童，送客！

刘云 （拍桌子起身，冲陶渊明大喊）陶渊明你别不识抬举，本官来你家是给你面子，你倒好，不领我的情，竟然还敢讽刺本官，小心我在太守面前参你一本。你给我等着。

陶渊明书童 （跑到刘云背后给刘云捶背）大人，大人，我家先生就这脾气，您别和他计较。

（刘云坐回椅子上，不耐烦地打量四周；陶渊明妻子将陶渊明拉回卧室）

第五幕 刘云大打出手

陶渊明妻子 （拉着陶渊明的手）你呀，如今这乱世，若是得罪了这位刘大人，只怕我们就又要居无定所了。这样吧，他不是要钱吗，把我的嫁妆给他罢了。

陶渊明 送什么送，得罪便得罪了吧，我陶渊明不屑讨好这种小人！（挥袖）

陶渊明妻子 （叹气，回到前厅，转换为讨好的笑容）刘大人，这是一点小心意，请您笑纳。（拿着礼盒走到刘大人身前，弓着腰，手托起嫁妆举过头顶）

刘云 （伸出头来看了一眼）哼，真当我是收破烂的，这些穷酸玩意儿也敢拿出来给本官看，赶紧拿开，别碍着我的眼！（一手把陶渊明妻子推倒在地上）

陶渊明妻子 哎哟！（书童跑上前来扶起她）

第六幕 辞官归隐

陶渊明 （听到响动冲出来，看到妻子狼狈的样子）刘云，你别欺人太甚了！（指着刘云的鼻子）

刘云 陶渊明，你居然敢这样跟我说话，给脸不要脸的东西！（拔出随从的刀，摔了下去）

刘云妻子 什么人啊，怎么跟我家大人说话呢！

陶渊明 （冷笑）且慢，官印在此，这官我不做了！书童，拿我锄头来。唉！人生在世，为何总有这样的小人，与其为了五斗米的俸禄来讨好这些人，还不如早早地褪下官服，隐居山林，做一名乡野农夫。

（扛起锄头，边走边吟）种豆南山下……

创作来源 《晋书·陶潜传》

晋书·陶潜传（节选）

郡遣督邮至县，吏白应束带见之，潜叹曰："吾不能为五斗米折腰，拳拳事乡里小人邪！"义熙二年，解印去县，乃赋《归去来兮辞》。

译文

郡里派遣督邮到县里，下属说应该束上带子（穿正装）见督邮，陶渊明叹息说："我不能为五斗米（俸禄）弯腰（丧失尊严），小心谨慎地为这些乡里小人做事啊！"义熙二年（406），陶渊明辞官归隐，写下了《归去来兮辞》。

创 作 感 想

　　陶渊明所处的年代是一个无比黑暗的年代，时局震荡，政治腐败，当时官吏的嚣张跋扈在刘云的身上可见一斑。身处这样的社会中，陶渊明却一直坚持着自己的品格操守，他为官清廉，不愿为了五斗米的俸禄而向仗势欺人的小人献殷勤。他宁可隐世而居，继续过着贫困的生活，也不愿与腐败官场同流合污。陶渊明彭泽挂印的故事并没有湮灭在时间的长河中，而是历久弥新，无论在什么时代，都散发着光芒，被视为中国文人不事权贵的典范，指引着一代又一代的人寻找正确的人生方向。陶渊明的经历滋养了他的文人本性，成就了他的独有文风，并创作了传诵千古的诗文。他不仅为后人留下了宝贵的文学财富，更留下了弥足珍贵的精神财富。他"不为五斗米折腰"的气节和操守，成为中国文人和有志之士的楷模。

商山之隐，咏怀践义

叶韫瑜

剧情梗概

　　李商隐是晚唐著名诗人，字义山，号玉谿生，怀州河内（今河南沁阳）人，和杜牧合称"小李杜"。太和九年（835）"甘露之变"，他目睹了朝政腐败、朋党斗争激烈、朝官大量被杀、宦官擅权的血淋淋的黑暗政局，其思想和创作都发生了转变，写下了不少批判黑暗现实的诗歌，以借古讽今的方式来大力弘扬廉洁之风。本剧以李商隐一生的遭遇作为主要脉络，通过进士及第、遭受排挤、廉洁思考、垂暮忧国等情节，全方位地表现李商隐正直高洁的品质。

剧情人物

李商隐、王茂元、王宴媄、韩聪、令狐绹、令狐绹跟班、李党官员、老农、小儿、李衮师

朝代

唐朝

《商山之隐，咏怀践义》小组彩排花絮

旁白 李商隐：公元 813 年生，字义山，号玉谿生，怀州河内人。公元 837 年，进士及第，起家秘书省校书郎，迁弘农县尉。因卷入"牛李党争"的政治旋涡，备受排挤，一生困顿不得志。公元 858 年，病逝于郑州。

第一幕 王氏府邸

（是夜，王茂元设宴于府中，广邀亲朋与同僚，欢饮达旦。此时，李商隐正进士及第，志得意满）

王茂元 （微醺、兴奋地，面对观众）王某近日结识了一位小郎君，颇有才情。恰逢此宴，特向各位大人引荐。义山——来见过各位大人。（手指向观众）

李商隐 （走上前来，向观众作揖）怀州李义山见过诸位大人。

王茂元 （笑呵呵地）义山，敬各位大人一杯，从今往后，还要仰仗各位大人提携了。

李商隐 （微笑、彬彬有礼地，朝着王茂元）大人厚爱，晚辈自然从命。（转过身来面对观众，举起杯子）李某在此谢过各位大人。（一饮而尽）

旁白 酒过三巡，李商隐不胜酒力，垂头倚在小几上，几乎要睡过去了。

（王宴媄进场。李商隐听到脚步声传来，懵懵然仰头）

王茂元　（笑吟吟地端坐在主位）我恐各位大人久饮乏力，特令小女备了些解酒的汤食，请各位大人笑纳。

王宴媖　（端了食盘放到李商隐面前，羞怯地）大人请用。

李商隐　（抬头，几乎看痴了）多谢小娘子。（对视之后，赶紧低头）

　　　　（王宴媖莞尔一笑，便转身离去了）

　　　　（李商隐痴痴地望着王宴媖离去的方向）

韩聪　（用手肘顶了李商隐一下，打趣地说）足见小娘子风姿卓绝，李兄竟是痴了。

李商隐　（仍是目光追随着王宴媖）韩兄，这小娘子可是王家的小姐？

韩聪　（仍是调笑的语气）自是王家的二小姐，吾妻的小妹。

　　　　（李商隐、王宴媖遥遥对视一眼，羞涩地相互点头致意）

旁白　翌日夜里，李商隐独坐家中，不由得想起了昨夜欢饮的情状，遂吟诗一首：

　　　　　　昨夜星辰昨夜风，画楼西畔桂堂东。

　　　　　　身无彩凤双飞翼，心有灵犀一点通。

　　　　　　隔座送钩春酒暖，分曹射覆蜡灯红。

　　　　　　嗟余听鼓应官去，走马兰台类转蓬。

《商山之隐，咏怀践义》小组彩排花絮

第二幕 授官考试后

旁白 宴会过后，李商隐求亲于王府，顺利娶得王宴媄为妻。后来，因岳父和恩师分属两派而陷入党派之争，遭受到两派官员的共同排挤。

（令狐绹上场）

李商隐 （颇有信心地走出考场，见到令狐绹，作揖）令狐兄近来可安好？

令狐绹 （傲慢地、轻视地）自然是比不上李兄新婚燕尔，只可惜我父亲尸骨未寒，你却已转投他人名下！

令狐绹跟班 （狐假虎威）李郎君如今已是王大人贵婿，我等已是高攀不起了。

李商隐 （几度张嘴，神色有些慌张）李某不敢……

跟班 （更阴阳怪气了）你有何不敢？我等不敢才是。

（令狐绹离场，李商隐失魂落魄地走着，撞上"李党"一派的年轻官员）

李党官员 （带着痞气）呦，这不是李郎君吗？今儿出门没长眼睛啊，怎么往人身上撞呢？

李商隐 （慌忙地鞠躬道歉）抱歉抱歉，实在抱歉。

李党官员 （假笑）都说李郎君为令狐氏家奴，您这一声道歉，我可消受不起。

（因在官场遭受排挤，李商隐黯然离京，来到泾州）

韩聪 （拿起书案上的文稿，念了出来）安定城楼？义山，可是你前几日出城散心了？

李商隐 （平静地）是。

韩聪 （轻叹一口气）你自长安来，常郁结于心，多出去走走也是好的。

李商隐 （微微一笑）昨日天气很好，春风拂面、杨柳婆娑，好似心境也随之开阔了。多谢韩兄挂念，我还不至于心灰意冷。

李商隐 （低头读诗）

迢递高城百尺楼，绿杨枝外尽汀洲。

贾生年少虚垂涕，王粲春来更远游。

永忆江湖归白发，欲回天地入扁舟。

不知腐鼠成滋味，猜意鹓雏竟未休。

（韩聪仰头听诗）

韩聪 （激动地）好诗啊！好诗！（欣慰地拍拍李商隐的肩膀）义山，你傲骨尚在，忧时念国之心尚存，我便也安心了。

《商山之隐，咏怀践义》小组彩排花絮

第三幕 弘农乡野间

旁白 公元 840 年，唐文宗李昂抑郁而终。文宗即位以来，励精图治，去奢从俭。此时，李商隐任弘农（今河南省灵宝市）县尉。

老农 （拿着锄头犁地）哎！

小儿 （学着老农，稚气地）哎！

李商隐 （正路过，听闻叹气声好奇地问道）阿翁为何事烦忧？

老农 （直起身来）我前几日听那村中人讲，圣人继位，恐将改了从前征税征田的章程。

李商隐 （疑惑）此乃天家政务，阿翁何须挂心？

老农 （提高语气）瞧你这话说的，先帝宅心仁厚，我们也过了几年风调雨顺、安居乐业的好日子。好日子眼见着就要泡汤了，怎能不忧心？

李商隐 （带着歉意）是晚辈唐突了。

老农 （转身指了指田间的庄稼）你看看，今年的庄稼长势极好，若是这些都抵不上租税，这世道，眼见得是要乱啰。

小儿 （学着老农，稚气地）要乱啰！

老农 （不留情地拍了拍小儿的脑瓜）这好几亩的庄稼怕是还抵不过圣人脚下的一块砖，却能养活庄稼人好几十口。若是都由官府收去了，我们全家怕是要忍饥挨饿好一阵子了。（说完，自顾自地犁地去了）

小儿 （仰头大喊，撒娇地）阿爷，我饿！

旁白 李商隐归家后，辗转反侧，终是夜半披衣而起，研墨铺纸，写下了《咏史》，以抒发心中对国家兴亡与人民生活的忧虑。

> 历览前贤国与家，成由勤俭破由奢。
>
> 何须琥珀方为枕，岂得真珠始是车。
>
> 运去不逢青海马，力穷难拔蜀山蛇。
>
> 几人曾预南薰曲，终古苍梧哭翠华。

李商隐 （抬头望月，不禁感慨）成由勤俭破由奢啊！

第四幕 晚年于郑州

旁白 此时，李商隐已步入暮年，与小儿子李衮师相依为命。此时，恰逢朝廷政局不稳，内廷由宦官把握政事，在外各路节度使割据混战，唐朝气数将尽。

（李衮师轻手轻脚地端着药盘进房）

李商隐 （躺在床上眼睛看着床顶）衮师啊——外头怎如此喧闹？

李衮师 （轻声）是一帮金陵来的流民正在村里讨食呢。这时节，各家都捉襟见肘，故起了些争执。

李商隐 金陵多为富庶之地，竟落得如此境地！（深沉地）当今圣

上只求长生不老，怕是顾不得黎民百姓的死活了。(咳嗽几声)

李衮师 (赶忙扶起李商隐，把药递给他)阿父，眼下将身子养好方为正事。这天下事原是不该烦忧的。

李商隐 (恨铁不成钢地)此言差矣，(端起药碗一饮而尽)大丈夫本应胸怀天下，只可惜我无处施展哪。

(窗外又传来一阵争吵声)

李衮师 (端起食盘)阿父，我出去看看。(匆匆忙忙地走了)

李商隐 (倚在床边，摇头)国将不国，国将不国啊……

(李衮师回来了)

李衮师 (微笑)无事，那流民讨食讨到我们这里来了，我便将上年省的一石谷给他们了。

李商隐 (虚弱地)儿啊，如今我无力提笔，烦你为我代为记录。北湖南棣水漫漫，一片降旗百尺竿。三百年间同晓梦，钟山何处有龙盘？

李衮师 (认真地写，写罢轻声说)数年前，金陵还是好一派繁华景象呢！

李商隐 (半梦半醒，含糊地)民不聊生，气数将尽。

李衮师 (自言自语)竟如此不堪吗？

(许久无人应答，李衮师抬眼一看，李商隐已沉沉睡去)

旁白 李商隐一生郁郁不得志，他不仅是一个以缠绵悱恻的情诗闻名于世的诗人，也是一个处江湖之远仍忧其君忧其民的仁者和智者。他只是更擅长于把汹涌澎湃的情绪融入一个个典故里，一句句忧愁缠绵的表达里。他以诗为剑，借古讽今，将黑暗的社会现实投射到血淋淋的历史中，更有发人深省的力量。他的诗沉静而婉约，却一样饱含着忧国忧民的热泪。

创作来源 《无题二首（其一）》《安定城楼》《咏史》

无题二首（其一）

［唐］李商隐

昨夜星辰昨夜风，画楼西畔桂堂东。
身无彩凤双飞翼，心有灵犀一点通。
隔座送钩春酒暖，分曹射覆蜡灯红。
嗟余听鼓应官去，走马兰台类转蓬。

译文

昨夜星光灿烂，伴有习习凉风，我们酒宴设在画楼西畔、桂堂之东。虽然身上没有彩凤的双翼，不能比翼齐飞，内心却像灵犀一样，感情息息相通。互相猜钩嬉戏，隔座对饮春酒暖心，分组来行酒令，决一胜负，烛光泛红映在脸上。可叹呵，听到五更鼓应该上朝点卯，策马赶到兰台，像随风飘转的蓬蒿。

安定城楼

[唐] 李商隐

迢递高城百尺楼，绿杨枝外尽汀洲。

贾生年少虚垂涕，王粲春来更远游。

永忆江湖归白发，欲回天地入扁舟。

不知腐鼠成滋味，猜意鹓雏竟未休。

译文

　　高大绵延的城墙上城楼高百尺，在绿杨林子外是水中的沙洲。年少才高的贾谊徒然地流泪，春日登楼的王粲再度去远游。我始终向往将来成就一番回转天地的事业后，白发苍苍，怡然乘一只小船归隐江湖。我不知道为什么小人们会把"腐鼠"一样的小利当成美味，反而对鹓雏猜忌个没完。

咏史

[唐] 李商隐

历览前贤国与家，成由勤俭破由奢。

何须琥珀方为枕，岂得真珠始是车。

运去不逢青海马，力穷难拔蜀山蛇。

几人曾预南薰曲，终古苍梧哭翠华。

译文

纵览历史，凡是贤明的国家，成功源于勤俭，衰败起于奢华。为什么非要琥珀才能作枕头，为什么镶有珍珠才是好坐车？想要远行，却没遇见千里马，力单势孤，难以拔动蜀山猛蛇。有几人曾听过舜帝的《南风歌》？最终舜帝、文宗也只能惋惜地哭泣了。

咏史

〔唐〕李商隐

北湖南棣水漫漫，一片降旗百尺竿。

三百年间同晓梦，钟山何处有龙盘？

译文

玄武湖已成了一片漫漫汪洋，一片降旗挂上高竿。三百余年如同黄粱一梦，金陵钟山哪里真的有那龙盘着？

创 作 感 想

我们大多从《夜雨寄北》和《无题·相见时难别亦难》等名篇中认识李商隐，他的诗，情感充沛，托物寄情，借景抒情。"春蚕到死丝方尽，蜡炬成灰泪始干""此情可待成追忆，只是当时已惘然"等都成为流传千古的名句。他的无题之诗，尽显绵绵深情。李商隐的一生见证了唐朝的衰落，经历了几次重大的变故，本剧就以这些变故为线索，呈现出一位杰出的唐代诗人更为丰满、立体的形象。我们从李商隐的诗歌中找到了一些咏史诗，其中《咏史》《韩碑》《行次西郊作一百韵》《随师东》《有感二首》等，都是其中比较重要的作品。他指陈时局，语气严厉悲愤。当他目睹了朝官大量被杀、宦官擅权的血淋淋的黑暗政局时，毅然拿起手中之笔，毫不留情地批判黑暗现实，揭露统治者的荒淫、愚昧和无能，表达自己对时局的看法，愤怒声讨宦官的罪行，称颂敢于反对宦官专权的将领。这些作品就像打开了一扇扇小窗，让我们得以窥见历史，洞察当下，也警示后人。

2013年1月22日，习近平总书记在第十八届中央纪律检查委员会第二次全体会议上曾引用李商隐《咏史》诗中的"历览前贤国与家，成由勤俭破由奢"这句话告诫党员领导干部："能不能坚守艰苦奋斗精神，是关系党和人民事业兴衰成败的大事。""抓改进工作作风，各项工作都很重要，但最根本的是要坚持和发扬艰苦奋斗精神。"

艰苦奋斗是共产党人的政治本色，是凝聚党心民心的传家宝。进入新时代，我们更要发扬艰苦奋斗的精神，永远保持不畏艰险、锐意进取的奋斗姿态，在全面建设社会主义现代化国家新征程上奋勇前进。

朱门酒肉臭，路有冻死骨　　朱雁雪

剧情梗概

　　杜甫，字子美，自号少陵野老，唐代伟大的现实主义诗人，与李白合称"李杜"。杜甫心系苍生，胸怀国事，创作了《登高》《春望》《北征》以及"三吏""三别"等名作，被后世尊称为"诗圣"，他的诗被称为"诗史"。天宝五年（746），杜甫怀抱"致君尧舜上，再使风俗淳"的崇高理想来到长安，渴望"立登要路津"。但事与愿违，屡受挫折，连生活也难以维持，曾过着"朝叩富儿门，暮随肥马尘。残杯与冷炙，到处潜悲辛"的生活。他亲身体验并广泛接触了下层人民的苦难，洞察了"朱门务倾夺，赤族迭罹殃"的社会矛盾。天宝十四年（755）十一月，赴奉先县看望寄居在那里的妻子，写出了《自京赴奉先县咏怀五百字》这篇划时代的杰作。

剧情人物

老师、学生、杜甫、皇帝、大臣、农人、衙差、农女、妻子、邻居们

朝代

唐朝

《朱门酒肉臭，路有冻死骨》小组彩排花絮

（教室内，老师正在上课）

（背景讲解杜甫生平和廉政思想）

学生 老师，我听过"朱门酒肉臭，路有冻死骨"的故事。这是出自杜甫的哪首诗呢？

老师 这句诗正是出自杜甫的诗歌《自京赴奉先县咏怀五百字》。今天就让我们穿越时空，和杜甫对话吧！

第一幕 不愿隐居，寄托山海之志

（背景转变，穿插一个时空穿梭的特效，之后出现比较苍凉的背景）

学生 看！那里有个人。（杜甫背对观众，学生上前拍肩）老伯，你是谁啊？

杜甫 （语气沉沉，作抚须状）我只是杜陵之地的一个老匹夫罢了。

学生 （语气疑惑）杜陵？（语气惊喜一点）您莫非就是杜陵野老——杜甫！您在我们那里可是大诗圣啊！

杜甫 （摇一摇头）我不过一介匹夫，如今年纪大了，老了！只是一个意志昏沉的老人罢了。我年轻时多么自大愚笨啊，竟然把自己和圣贤相比，即便如此，我一想到老百姓的苦难，心里就焦急似火，这如山如絮的忧虑，怕是直到我咽下最后一口气，盖上棺材的那一刻，都不能释怀。即使被同辈文人冷嘲热讽，我也要更激昂地引吭高歌。

学生 您这般忧虑，为何不像那些贤人一般，隐居山野呢？

杜甫 我何尝没有隐居的打算，与其被那些同辈取笑，倒不如将志向寄托于山海之间，在日升月落中潇洒度日。只是如今陛下如尧舜一样贤明，我又怎能逃避自己的责任。

学生 先生，如今是盛世，朝廷并不缺人才啊？

杜甫 如今的朝廷上，有的是栋梁之材，要建造大厦，难道还缺少我这块材料？可是连葵藿的叶子都朝着太阳，我又怎能轻易改掉我这忠诚的天性！我不愿意做像蝼蚁般的小人，只为谋求舒适的小窝，巴结权贵，整天钻营；我只羡慕海中的百丈长鲸，能在大海里纵横驰骋。可惜我实在惭愧没能像许由、巢父那样飘然世外，只能穷困潦倒地在尘埃中奔波。（拿起酒杯痛饮，作诗一首）

第二幕 朱门酒肉臭，路有冻死骨

（背景转变，出现草木凋零、狂风怒吼、黑云压山的背景）

旁白 杜甫背着包袱，步伐缓慢，表现出寒冷和落魄的感觉，手指冻僵，牙齿打颤。

（华清宫奢华内殿里，响起宴会的音乐）

皇帝 诸位爱卿，如今这天下英才皆入朕的朝廷之中，民间再没有被遗漏的英才了。这是朕的开元盛世啊！

大臣 圣上英明！这都是圣上勤政爱民的功绩啊！

皇帝 好！来人哪！赐丝绸！

大臣 谢陛下，陛下万岁万岁万万岁！（群臣拿着丝绸作享受状）

农女 多么精致的丝绸啊，但我却只能穿着这粗布麻衣，日日辛劳，磨破了手指，只为换取一点填饱肚子的吃食。

衙差 快走！这是给陛下进献的丝绸，不可耽搁！要是出了差错，你可担待不起。（挥动长鞭）

农人 （虚弱状）是。

（背景转变，一半是珍馐美食、保暖衣物，一半是冻死在府门的路人）

杜甫 （重新出场，大叹）朱门酒肉臭，路有冻死骨！唉！

第三幕 饿殍遍野，民不聊生

（杜甫背着包袱，步伐缓慢，表现出行路艰难的样子。杜甫开门）

妻子 （开始哭号）相公，我们的小儿子已经饿死了啊！

邻居们 呜呜呜！（所有人一起哭）

杜甫 我一个做父亲的人，竟然没本事养活孩子！谁能料到，就算今年的秋收还不错，穷苦人家，却仍然弄不到饭吃！我好歹是一个小官，既不用服兵役，也不用交田税，却还是免不了这样悲惨的遭遇，那些平民百姓的日子又该是如何辛酸！那些种田的农民操劳一生也吃不到一口饱饭，那些守边的将士流血牺牲却依旧缺衣少食。唉！

（学生作若有所思状）

老师 看了杜甫的经历，来说一说你的想法吧。

（学生上前讲解）

创作来源 《自京赴奉先县咏怀五百字》

自京赴奉先县咏怀五百字

［唐］杜甫

杜陵有布衣，老大意转拙。

许身一何愚！窃比稷与契。

居然成濩落，白首甘契阔。

盖棺事则已，此志常觊豁。

穷年忧黎元，叹息肠内热。

取笑同学翁，浩歌弥激烈。

非无江海志，潇洒送日月。

生逢尧舜君，不忍便永诀。

当今廊庙具，构厦岂云缺？

葵藿倾太阳，物性固难夺。

顾惟蝼蚁辈，但自求其穴；

胡为慕大鲸，辄拟偃溟渤？

以兹误生理，独耻事干谒。

兀兀遂至今，忍为尘埃没？

终愧巢与由，未能易其节。

沉饮聊自适，放歌破愁绝。

岁暮百草零，疾风高冈裂。

天衢阴峥嵘，客子中夜发。

霜严衣带断，指直不能结。

凌晨过骊山，御榻在嵽嵲。

蚩尤塞寒空，蹴蹋崖谷滑。

瑶池气郁律，羽林相摩戛。

君臣留欢娱，乐动殷樛嶱。

赐浴皆长缨，与宴非短褐。

彤庭所分帛，本自寒女出。

鞭挞其夫家，聚敛贡城阙。

圣人筐篚恩，实欲邦国活。

臣如忽至理，君岂弃此物？

多士盈朝廷，仁者宜战栗！

况闻内金盘，尽在卫霍室。

中堂舞神仙，烟雾蒙玉质。

煖客貂鼠裘，悲管逐清瑟。

劝客驼蹄羹，霜橙压香橘。

朱门酒肉臭，路有冻死骨。

荣枯咫尺异，惆怅难再述。

北辕就泾渭，官渡又改辙。

群水从西下，极目高崒兀。

疑是崆峒来，恐触天柱折。

河梁幸未坼，枝撑声窸窣。

行旅相攀援，川广不可越。

老妻寄异县，十口隔风雪。

谁能久不顾？庶往共饥渴。

入门闻号啕，幼子饥已卒！

吾宁舍一哀，里巷亦呜咽。

所愧为人父，无食致夭折。

岂知秋禾登，贫窭有仓卒。

生常免租税，名不隶征伐。

抚迹犹酸辛，平人固骚屑。

默思失业徒，因念远戍卒。

忧端齐终南，澒洞不可掇。

译文

　　杜陵这个地方，有我这么个布衣，年纪越大，反而越发不合时宜。对自己的要求，多么愚蠢可笑，私自下了决心，要向稷契看齐。这种想法竟然不合实际，落得个到处碰壁，头都白了，却甘愿辛辛苦苦，不肯休息。有一天盖上棺材，这事便无法再提，只要还没有咽气，志向就不能转移。一年到头，都为老百姓发愁、叹息，想到他们的苦难，心里像火烧似的焦急。

尽管惹得同辈的先生们冷嘲热讽，却更加激昂无比，引吭高歌，毫不泄气。

我何尝没有隐居的打算，在江海之间打发日子，岂不清高？只是碰上个像尧舜那样贤明的皇帝，不忍心轻易地丢下他，自己去逍遥。如今的朝廷上，有的是栋梁之材，要建造大厦，难道还缺少我这块料？可是连葵藿的叶子都朝着太阳，我这忠诚的天性，又怎能轻易改掉！

回头一想，那些蚂蚁般的小人，只为谋求舒适的小窝，整天钻营。我为什么要羡慕百丈长鲸，常想在大海里纵横驰骋？偏偏不肯去巴结权贵，因此耽误了自己的营生。到现在还穷困潦倒，怎忍心埋没在烟尘之中？没有像许由、巢父那样飘然世外，实在惭愧，虽然惭愧，却不愿改变我的操行。还有什么办法呢？只好喝几杯酒排遣烦闷，作几首诗放声高唱，破除忧愤。

一年快结束了，各种草木都已经凋零，狂风怒吼，像要把高山扫平。黑云像山一样压下来，大街上一片阴森，我这个孤零零的客子，半夜里离开京城。扑落满身寒霜，断了衣带，想系上它，手指却冻得僵硬。

天蒙蒙亮的时候，我走到骊山脚下，骊山高处，那里有皇帝的御榻。大雾迷漫，塞满寒冷的天空，我攀登结冰铺霜的山路，两步一滑。华清宫真好像王母的瑶池仙境，温泉里暖气蒸腾，羽林军密密麻麻。乐声大作，响彻辽阔的天宇，皇帝和大臣纵情娱乐，享不尽富贵荣华。

赐浴温泉的，都是些高冠长缨的贵人，参加宴会的，更不会有布衣麻鞋的百姓。达官显宦，都分到大量的绸帛，那些绸帛啊，都出自贫寒妇女的艰苦劳动。她们的丈夫和公公，被鞭打绳捆，一匹匹勒索，一车车运进京城。皇帝把绸帛分赏群臣，这个一筐，那个几笼，实指望他们感恩图报，救国活民。臣子们如果忽略了皇帝的这番好意，那当皇帝的，岂不等于把财物白扔？朝廷里挤满了"济济英才"，稍有良心的，真应该触目惊心！

更何况皇宫内的金盘宝器，听说都转移到国舅家的厅堂。神仙似的美人在堂上舞蹈，轻烟般的罗衣遮不住玉体的芳香。供客人保暖的，是貂鼠皮袄，朱弦、玉管，正演奏美妙的乐章。给客人品尝的是驼蹄羹汤、香橙、金橘。

豪门贵族家里酒肉多得吃不完而腐臭，穷人们却在街头因饥寒而死。相隔才几步，就是苦乐不同的两种世界，人间的不平事，使我悲愤填胸，不能再讲！

我折向北去的道路，赶到泾、渭河边。泾、渭合流处的渡口，又改了路线。河水冲激着巨大的冰块，波翻浪涌，放眼远望，像起伏的山岭，高接西天。我疑心这是崆峒山从水上飘来，怕要把天柱碰断！

河上的桥梁幸好还没有冲毁，桥柱子却吱吱呀呀，摇晃震动。河面这么宽，谁能飞越！旅客们只好牵挽过桥，顾不得危险。

老婆和孩子寄居在奉先，无依无傍，漫天风雪，把一家人隔在两个地方。受冻挨饿的穷生活，我怎能长久不管？这一次去探望，就为了有难同当。

　　一进门就听见哭声酸楚，我那小儿子，已活活饿死！我怎能压抑住满腔悲痛，邻居们也呜呜咽咽，泪流不止！说不出内心里多么惭愧，做父亲的人，竟然没本事养活孩子！谁能料到：今年的秋收还算不错，穷苦人家，却仍然弄不到饭吃！

　　我好歹是个官儿，既不服兵役，又没有交租纳税的负担，还免不了这样悲惨的遭遇，那平民百姓的日子啊，就更加辛酸。想想失去土地的农民，已经是倾家荡产，又想想远守边防的士兵，还不是缺吃少穿。忧民忧国的情绪啊，千重万叠，高过终南，浩茫无际，又怎能收敛！

创 作 感 想

　　本剧从杜甫的《自京赴奉先县咏怀五百字》这首诗出发，围绕着"朱门酒肉臭，路有冻死骨"这一千古名句，进行了剧本的创作和排演。我们采用古今交替的方式，以时空穿越与情境再现为亮点，将现代课堂与诗中的内容相结合，让观众能够沉浸式地体会诗歌所描写的历史背景、社会场景和百姓生活状态，以及诗人的忧虑和愁苦。在表演中插入黑板绘画创作和书法展示，既丰富表演形式，又能更生动地演绎剧本内容，表达人物情感，使观众有身临其境之感。在表演前后我们还穿插融入对杜甫生平的介绍和对作品及思想的解读，从而丰富和升华了主题。本剧创作成员在收集资料、阅读文献、撰写脚本、编排表演的过程中，不断深刻体会到杜甫虽身逢乱世，面对朝政黑暗、战争残酷、生活困顿、颠沛流离，却依然忧国忧民，一腔热血，饱含着对人民命运的悲悯和对人民命运的关切，以精湛的艺术彰显了深深的人民情怀。杜甫就像是一面时代的镜子，他以"语不惊人死不休"的豪言，以诗抒写时代，以生命勾画理想，用满腔热情润色，绘出一幅光焰万丈、照耀古今的时代画卷。对穷人和弱势群体的态度，反映一个人的良心和修养，折射一个政党的人文情怀。这首诗歌不断告诫我们，群众利益无小事。"人民就是江山，人心向背关系党的生死存亡。"只有赢得人民信任，得到人民支持，我们的党才能克服任何困难，才能无往而不胜。人民才是历史的创造者。

白居易怒打行贿人

张露阳

剧情梗概

　　白居易，字乐天，号香山居士，又号醉吟先生，是唐代伟大的现实主义诗人。白居易与元稹共同倡导新乐府运动，世称"元白"，与刘禹锡并称"刘白"。白居易的诗歌题材广泛，形式多样，语言平易通俗，有"诗魔"和"诗王"之称。白居易不收受贿赂，按律法处置贿赂人，将贿银用来救济贫苦百姓。他大公无私、一心为民的精神千古传诵。

剧情人物

白居易、赵乡绅、李财主、衙役

朝代

唐朝

旁白　唐朝贞元年间，白居易考中进士后，被派往陕西周至当县令。他刚上任，城西的赵乡绅和李财主就为争夺一块地跑到县衙打官司。

（赵乡绅和李财主推推搡搡地走进县衙）

赵乡绅　这块地是我的！姓李的，（恶狠狠地）你休想抢过去！

李财主　（毫不示弱）你少做梦了，这块地属于谁就让县令大人来裁决吧！

旁白 二人分别后，赵乡绅差人买了一条鲤鱼，在鱼肚中塞满银两偷偷送到县衙来。李财主则命长工从田里挑了个大西瓜，掏出瓜瓤，也塞满银子送了来。收到这两份"厚礼"后，白居易吩咐手下贴出告示，明天公开审案。

（第二天）

白居易 （升堂后问道）你们哪个先讲？

赵乡绅 （抢着说）大人，我的礼（鲤）长，我先讲。

李财主 （不甘示弱地说）我的礼（瓜）大，该我先讲。

白居易 （沉下脸说）什么礼长礼大？成何体统！

赵乡绅 （以为县太爷忘了自己送的礼，连忙说）大人息怒，小人是个愚（鱼）民啊！

白居易 （微微一笑）本官耳聪目明，用不着你们提醒我，更不喜欢有人暗通关节。来人，把东西取来示众！

旁白 衙役取来鲤鱼和西瓜，当众取出银子，一旁听审的官员和百姓一片哗然。

白居易 （厉声喝道）大胆刁民，胆敢公然贿赂本官，按大唐律法各打四十大板！至于这些银两，就用来救济贫苦百姓吧！

旁白 赵乡绅和李财主吓得瘫倒在地，衙役们把他们拖到一边，众百姓无不拍手称快。

创作来源 《廉政故事：白居易怒打行贿人》
（选自《学习强国》平台）

创 作 感 想

  杭州作为廉洁文化的践行地之一,自古以来都盛行着廉洁之风。在诗坛上就有两位著名的诗人在杭州留下了不少廉洁的故事。其中一位是东坡居士——苏轼,另一位便是香山居士——白居易。白居易的《长恨歌》《琵琶行》《忆江南》《钱塘湖春行》等佳作雅俗共赏,脍炙人口。"忆江南,最忆是杭州""在天愿作比翼鸟,在地愿为连理枝"等成为千古名句。

  作文先做人。从十六岁就写下"野火烧不尽,春风吹又生"的壮志少年,到以《长恨歌》而闻达天下的青年才俊,再到泪

小宅里闾接,疏篱鸡犬通。
渠分南巷水,窗借北家风。
庾信园殊小,陶潜屋不丰。
何劳问宽窄,宽窄在心中。

——白居易《小宅》

意义:家给人的幸福感与大小无关,家中人平淡生活才是真,才是幸福。

洒《琵琶行》的江州司马，白居易已然登上诗歌之巅。但他作为朝廷谏官时，写下的《卖炭翁》《阴山道》《杏为梁》《紫毫笔》等佳作，写出了"为君，为臣，为民，为物，为事"之道，写出了贪官欺压百姓的恶行，写出了官场奢侈、官员失职的积弊。他用手中之笔批判朝中不良风气，揭露黑暗政治，反映社会衰败和人民苦痛生活，也形成了"文章合为时而著，歌诗合为事而作"的文学主张。

一直以来，关于白居易，大家了解得更多的都是他的诗作，很少了解过他清廉奉公的事迹，我们正是看到白居易的清廉诗句并为之感动，才搜索了白居易的清廉事迹。我们以《廉政故事：白居易怒打行贿人》为脚本，改编了这个剧本，既是对这位清廉贤明的杭州"父母官"的感恩和怀念，也是想以白居易怒打行贿人的小故事来警示后人，贪污腐败是我们党治国理政的最大敌人，脱离群众是我们党执政的最大危险。

送 诗

虞宁宁

剧情梗概

　　小胡为了使自己承包的"三无"工程尽早通过相关部门验收，决定送诗奉承检验局的宁局长，没想到所送之诗正是弘正气、倡清廉的意思。在宴席上酒过三巡之时，发生了时空穿越……小胡穿越回到前世，发现从前的自己在科举考试中，也因贪官受贿而被冒名顶替，失去已得的状元之名。

剧情人物

小胡、书生、宁局长、韩主任、林知府、小厮1、小厮2、富察老爷、判案者、富察儿子

朝代

清朝

《送诗》小组彩排花絮

旁白 五千年历史，三千年诗韵，我们的文化从未断流。勤俭廉洁，如萧萧正气，自始至终流淌在中华儿女的心中。这里有"成由勤俭破由奢"的深刻教诲，这里有"要留清白在人间"的誓死感叹。秉公执法、刚正不阿的包拯——"包青天"写下"清心为治本，直道是身谋。秀干终成栋，精钢不作钩"的诗句，他治理世事以清廉无私为根本，为人处世以刚直不阿为准则。他的清廉正直，令无数人动容。但他无论如何也想不到，自己的诗句在各类贪官手中变了味道。

第一幕 局长办公室

小胡 请问宁局长在吗？

韩主任 请问你是？

小胡 啊！我是她朋友！

韩主任 你找宁局有什么事吗？

小胡 我没什么大事，顺路过来看看她，请问您是？

韩主任 我是办公室韩主任。

小胡 啊，失敬失敬，您的气质，一看就是当大领导的！前途大大的！

韩主任 前途？什么前途？宁局啊，她出门办事去了。

（道具显示："拒收礼品"警示牌）

小胡 韩主任，不瞒您说，明天啊，我想邀请宁局吃个饭。

韩主任　这恐怕行不通啊！现在上头查得可紧了！宁局有指示，拒收红包心踏实！（举牌）

小胡　哪有行不通的地方，咱也是明事理的人，我带了"通行证"。（从口袋里拿出几张银行卡）这是我的一点小小心意！（把银行卡按在主任手上）您和局长是我们的衣食父母，没有局长的英明领导，哪有我们老百姓的今天啊！（展示请柬）明晚九点，福德琉悠（富得流油）大酒店，不见不散！

韩主任　哎呀，这怎么好意思呢，我就先替局长收下了，她知道了保准得骂我！

（韩主任笑嘻嘻退场）

第二幕　宴席

小胡　我们承接的工程刚完工，想要验收，得过局长这关，这不趁着过节，我专门为宁局长举办一场宴席，现场沟通沟通（伸手勾勾手指头）。验收验收，不就是在酒桌上验收嘛，这叫"宴收"。（背景同步显示"宴收"）

（宁局长、韩主任等一行人手里拿酒杯上场）

小胡　宁局长，好久不见！好久不见！您气色越来越好了！（鞠躬双手握住宁局长的手）

宁局长　欸？你谁呀？

小胡 您真是贵人多忘事，我是小胡啊。

宁局长 我见过你吗？

小胡 前一阵子您去我们工地视察，还是我接待的呢！我听说您特别喜欢书法，今天特地给您带来了一幅书法作品，还想请您点评点评。

（小胡拿上内夹支票的书法作品）

宁局长 （念诗，打开书法发现支票，看一眼小胡，心领神会地点点头）清心为治本，直道是身谋。秀干终成栋，精钢不作钩。仓充鼠雀喜，草尽兔狐愁。史册有遗训，毋贻来者羞。好诗！好诗啊！

小胡 局长，那验收的事……

宁局长 欸，饭桌上不要谈这些，你回去等消息就是。

小胡 好嘞好嘞，宁局。那咱们一起喝一杯？

（一行人干杯喝酒）

旁白 酒囊饭袋，纸醉金迷，如天震惊雷，这干杯声晃动了世纪……

（小胡穿越回古代，成为书生。工作人员把他手上酒杯换成成绩单，戴书生帽）

第三幕 科举结果

书生 （打开成绩单）我自幼苦读四书五经，将圣上所言牢记于心，今日这状元竟是富察氏这等纨绔子弟，世道不公，世道不公啊！（摇头叹气）天无绝人之路，先去吃碗阳春面吧。（说着走到台侧，蹲下假装吃面）

第四幕　醉仙楼

（富察老爷、富察公子、林知府并排站，小厮站知府身后）

富察老爷　林知府大驾光临，实在是老夫的荣幸。今日小儿中举，粗茶淡饭，还请林知府万万不要介意啊！（将金条拿出）

林知府　欸，粗茶淡饭即可。

林知府　这道群英荟萃实在美味！（吃到一半发现金条，接过，悄悄藏进衣袖，意味深长地笑）老爷有心了。

富察老爷　林知府，不知这宫廷玉液酒还合不合您胃口，（递酒）咱这多备了一些，（对小厮说）还劳烦二位带回府去。

小厮1　小的明白，此酒对身体极好，多多益善呀。

小厮2　今日令郎中第，怎不见您感谢我们知府？

林知府　（白一眼小厮2）不得无礼。富察老爷，令郎如此聪慧过人，若无我的帮助，此次科举他同样能拔得头筹啊。

富察老爷　不不不，都是我的错，怎忘了谢过林知府，若不是您将他人的试卷与小儿调换。就那傻小子如何能一举中第啊！

（招呼儿子）知府，吾儿近日正习得一新诗，喊他吟诗一首助助兴，我们继续喝酒！

（富察公子上场）

富察公子 清心为治本，直道是身谋。秀干终成栋，精钢不作钩。

仓充鼠雀喜，草尽兔狐愁。史册有遗训，毋贻来者羞！

林知府 好诗！实在是好诗！如您这般教导有方，令郎他日必成大

器啊！

富察老爷 承让承让，小儿就懂得这些皮毛，比不上知府您啊。

（听完全程的书生甚是生气，愤怒地走到台中，站在一行人前）

书生 原来这状元背后竟有如此邪恶的勾当。我的前途，我的光

明，都被这群人裹挟了去。破坏科举规则、滥用职权、贪污

受贿，这……这简直是欺君之罪啊！对，对！我要去官府告发

他们，还我状元名！

第五幕 官府

（判案者上场）

判案者 听说你要告发知府，你可有证据？

书生 我亲耳听到富察老爷感谢林知府为其子调换试卷，才取得如

今这成绩！

判案者 仅此而已？

书生 仅此而已？这可是他们俩亲口所言，我听得清清楚楚。

判案者 大胆刁民！凭你一句妄言就敢污蔑堂堂知府大人？来人啊，把他拉下去重罚！

（拍惊堂木）

书生 "清心为治本，直道是身谋。"富察公子还用反映包拯包大人两袖清风、一身正气的诗句为其二人助兴，实在是太讽刺了，太讽刺了！

（小厮将书生拉走，判案者一同下场）

旁白 "清心为治本，直道是身谋。"今天为局长送去书画作品的小胡，却在百余年前尝尽由贪污腐败导致的无言之痛。或许，在梦醒时分，过去的回忆会让行贿者懊悔踏上犯罪的不归路，但法律必将给予严厉的惩戒。两袖清风，一身正气，无论历史怎样变迁，无论时代怎样发展，清正廉洁永远是时代的呼唤，勤政为民永远是人民的期盼。

创作来源 《书端州郡斋壁》

书端州郡斋壁

［北宋］包拯

清心为治本，直道是身谋。

秀干终成栋，精钢不作钩。

仓充鼠雀喜，草尽兔狐愁。

史册有遗训，毋贻来者羞。

译文

端正思想是吏治的根本，刚直的品性是修身的原则。好木料终成栋梁，好钢材坚强不屈。仓粮充足而使偷吃公粮的鼠雀高兴，野草没有令兔狐发愁。在这方面历史上留下了许多的教训，不要做出使后人蒙羞的事情。

——陶文鹏主编：《宋诗精华》，广西师范大学出版社 1996 年版。

创 作 感 想

"清心为治本，直道是身谋。"本剧以这句话为线索，贯穿了现代及古代两个场景，以及古人与后人的穿越对话。我们小组以这句话作为行贿者送礼的载体，是为了更深一层地讽刺行贿者的无知和破坏社会规则的失德、违法行为，倡导世人"清私心""讲直道"，做时代的"秀干"和"精钢"。在剧本撰写、排演的过程中，我们对廉洁有了更清晰的认识。两袖清风，一身正气，是任何历史时期，任何时代格局中亘古不变的本质要求，清正廉洁永远是时代的呼唤，勤政为民永远是人民的期盼。我们生逢物质充盈、生活富足的时代，社会上确实也存在不法之徒、不正之风。十八大以来，我们党不断加大正风肃纪反腐力度，把整治群众身边的腐败和不正之风摆到了突出位置，不断增强人民群众的获得感、幸福感和满意度。作为新时代的青年，我们更应自觉担负起为中华民族谋复兴，为人民群众谋幸福的光荣使命，做新时代的"秀干"和"精钢"。

千载廉俭家风，吾侪传承不息 王璐璐

剧情梗概

　　范仲淹，字希文，北宋时期杰出的政治家、文学家。一生节俭，为人正直，他的高洁品质也影响了子孙。他通过自己的言传身教，为国为民操劳一生，直到垂暮之年也未曾过过安逸的日子，并把个人全部身家资财用来帮助乡民，成为"先天下之忧而忧，后天下之乐而乐"的真实写照。本剧以范仲淹和他儿子纯粹、纯仁、纯礼对话的形式，讲述范仲淹勤俭爱民，教育子女坚守"八德"的故事，充分显示范仲淹不顾自身名利，忧思天下，"事不避难、义不逃责"的担当精神和勤学苦读、救世济民、不慕财富、先人后己的清廉家风。

剧情人物

范冲淹、纯粹、纯仁、纯礼、石曼卿、书法者

朝代

北宋

《千载廉俭家风，吾侪传承不息》小组彩排花絮

旁白 范仲淹一生俭朴，为人廉洁，虽官居高位，却始终保持勤俭的生活作风，而且对子女的要求也非常严格。

第一幕 字纸莫乱废，须报五谷恩

旁白 一个中秋节的晚上，夜空悬挂着皎洁的明月。范仲淹家的院子里，放着一张竹茶几，茶几上供着一炉香，摆列着几碟瓜果和月饼。

纯粹 （仰着小脸）爹，今天过节，咱们家怎么不吃点好吃的呀？

纯仁 （对弟弟小声说）弟弟，爹爹有规矩，咱家不来重要客人，不能吃好吃的。

范仲淹 （看着纯粹，感慨）我小时候，你们的奶奶领着我逃到了山东。后来上学，家里穷，每天只能喝两顿稀粥。刚开始为官的年月里，我的俸禄少，尽管我和你们的母亲省吃俭用，也没让你奶奶吃过什么好东西。后来我的俸禄多了，你们的奶奶又早早地离开了人世，她真是苦了一辈子呀！

（说到这里，范仲淹的心里很难过。他看着孩子们，除了纯粹仰着小脸听父亲说话，纯仁、纯礼都低着头，显出十分哀伤的样子）

范仲淹 可是，你们兄弟几个，从小就没有吃过苦。现在我最担心的是你们会不会丢掉咱范家勤俭的家风。

纯礼 爹爹，您平时一直教诲我们，要勤俭节约，我们都记在心里了。

纯仁 请您不要担心，我们一定会保持咱们的勤俭好家风。

范仲淹 那很好！孩子们能保持勤俭的家风，我很是欣慰啊！这样，我死也能瞑目了。

第二幕 敬长与怀幼，怜恤孤寡贫

旁白 范仲淹治家甚严，教导子女做人要正心修身、积德行善。范氏家风清廉俭朴、乐善好施。一次，范仲淹让次子范纯仁把五担麦子从水路运回家乡，中途船停靠丹阳时碰见熟人石曼卿。

纯仁 先生，您为何停留在此？

石曼卿 我父母双亡没钱安葬，又无力运灵柩回家，无奈待在此地。

纯仁 先生的遭遇真是令人叹息，我这里有五担麦子，请先生收下，希望能帮助您早日回到家乡。

石曼卿 万万不可，万万不可，这我收不得……

纯仁 不必客气，今日先生有急难，我理当相助。君子当急人所急嘛！

石曼卿 感谢先生相助，那我就先收下了，日后定当报答。

旁白 范纯仁回到家中，无法向父亲交代，他在父亲身旁站立良久，始终未敢提及此事。

范仲淹 你在苏州遇到朋友了吗？

纯仁 路过丹阳时，碰到了石曼卿，他因亲人去世，没钱运灵柩回乡，而被困在那里。

范仲淹 （立刻说道）你为什么不自己节俭一些，把船上的麦子送给他呢？

纯仁 我已经送给他了。

范仲淹 （对儿子的做法非常高兴）孩子，你做得很对！看来我们家的家风能传承下去了呀！

第三幕 儿孙坚心守，成家种善根

旁白 到了晚年，范仲淹感觉自己年纪大了，身体也越来越差了。想到多年节俭而积蓄的那些俸禄还没有归处，他终日思索着。一天，范仲淹把纯仁、纯礼叫来。

纯仁和纯礼 （向范仲淹见礼）爹爹！

范仲淹 （点了点头）嗯。我年纪大了，这些年来我积存了点钱，你们看应该怎么办呢？

（纯仁和纯礼低头沉思，没有吱声）

范仲淹　（微皱眉，声音沉了沉）怎么，留给你们？

纯仁和纯礼　（连忙）不！不！我们不要。

纯仁　爹爹，您在边防时曾把钱财送给穷苦的士兵们，在应州和邠州时，又善施给了那里的百姓。如果您还像过去那样，把积存的俸禄用来周济他人，不是很好吗？

范仲淹　（心中暗暗高兴）是啊！我是想这么做的。我为官几十年，虽然博爱善施，但还没有为咱们老家的族人办过什么事情。我想用这些剩余的俸禄在吴县买上几亩良田，作为义庄，养济族人，使范姓之民日有食，岁有衣，嫁娶丧葬都有些贴补。你们看如何？

纯仁和纯礼　（低头作揖）爹爹说得极是，孩儿从命。

范仲淹　这件事我已考虑了很久，还准备在族人中收一名义子，代我管理义庄。

范仲淹　（望着远处沉吟片刻，复看向纯仁和纯礼）将来你们做了官，要保持好咱们的家风，千万不能只顾自己享乐，要先忧天下之人，要为国家和百姓多做些事情。

纯仁和纯礼　（低头作揖）谨记爹爹教诲，孩儿告退。

旁白　皇祐四年春，范仲淹又调往颍州，在前往颍州上任的途中病逝，终年六十四岁。范仲淹生前勤政爱民，深得百姓爱戴。他戍边西北时，邠州、庆州的百姓和众多的羌部族就悬挂他的画像来祭拜。范仲淹去世后，闻知消息的人无不扼腕叹息，羌部族的数百首领放声痛哭，并斋戒三日。人们都赞叹范仲淹的高尚情操，无不为这个忧国爱民的清官而悲痛万分。

（一旁的同学写好书法并展示，所有人一同朗诵范《范文正公家训百字铭》）

范文正公家训百字铭

〔北宋〕范仲淹

孝道当竭力，忠勇表丹诚。

兄弟互相助，慈悲无边境。

勤读圣贤书，尊师如重亲。

礼义勿疏狂，逊让敦睦邻。

敬长与怀幼，怜恤孤寡贫。

谦恭尚廉洁，绝戒骄傲情。

字纸莫乱废，须报五谷恩。

作事循天理，博爱惜生灵。

处世行八德，修身率祖神。

儿孙坚心守，成家种善根。

译文

尽孝道应该竭尽全力，做人要忠诚勇敢，心怀赤诚；兄弟之间要互相帮助，心怀慈悲善良，永无止境。要勤奋地研读圣贤书，要像敬重父母一样尊敬师长；要懂礼仪，知谦让，不要疏忽轻狂，应该谦逊忍让，态度和善宽厚，和邻居和睦相处。要尊敬长辈，关心小辈，体恤鳏寡孤独和贫穷的人；要谦虚恭敬，崇尚廉洁。不浪费纸张，感恩粮食的获得，要顺应自然规律做事，广博地爱惜世间生灵。为人处世要遵循"八德"，要遵守前人教诲；儿孙们坚守心性，成家立业，把善良的优良传统发扬传承。

创 作 感 想

范仲淹出身贫寒，两岁时父亲病逝。家里虽然生活清苦，他的母亲却常以"孟母三迁"中的孟母自勉，给范仲淹讲古人发奋读书成材的故事，并教他用树枝在地上写字。范仲淹也把苦难的生活当作对自己的考验，心无旁骛地刻苦学习。从政后，他依旧秉持艰苦朴素的生活作风，用多余的俸禄资助百姓。即使显贵之后，也要坚持"非宾客不重肉"的生活作风。他忧国爱民，为贫寒子弟兴办学堂；他胸怀天下，直言上谏，不畏权贵，刚正不阿。他的廉洁之风在史册上烙下了深深的痕迹，成为后世楷模；他"先天下之忧而忧，后天下之乐而乐"的思想和抱负至今仍激励着人们。他淡泊名利、轻财重义，不仅自己身体力行做到了清俭一生，还特别注重家风家教。他一再要求自己的孩子学会"忍穷"、甘于清贫，他告诫孩子们："钱财莫轻，勤苦得来；奢华莫学，自取贫穷。""唯俭可以养廉，唯恕可以养德。"范仲淹的朴素节俭，对其子孙影响颇深，他的四个儿子都延续了范仲淹清正节俭的品格，为官之时以天下为己任，皆成名臣，终生"清心做官，不营私利"。

作为大学生，我们应当树立正确的世界观、人生观和价值观，承范公报国之志，扬范公廉洁之风，行范公仁义之举。作为师范生的我们，更是担负着教书育人的神圣使命，我们的德行会对学生产生潜移默化的影响，因此，作为"学为人师，行为世范"的我们，更需要以身作则，发扬艰苦奋斗、勤俭朴素的生活作风，正直正派的为人之道，清白廉洁的工作作风。

不持一砚归

刘腾逍

剧情梗概

　　包拯，字希仁，庐州合肥（今安徽合肥肥东）人，北宋名臣。包拯廉洁公正、立朝刚毅、不附权贵、铁面无私、英明决断，敢于替百姓申不平，故有"包青天"及"包公"之名，京师有"关节不到，有阎罗包老"之语。后世将他奉为神明崇拜，认为他是奎星转世。本节由拍卖会引入，具体讲述包拯不持一砚归的故事，进而引出对包拯家训和诗作的解读，赞美了包拯为官清廉的高贵品格。

剧情人物
拍卖师、观众、竞买人、刘大人、小臣、包拯、小厮、百姓、孩子

朝代
北宋

第一幕　拍卖会

（2022年3月18日，诚园4号楼317教室里正在如火如荼地进行一场拍卖会，现在让我们去到拍卖会的现场吧）

旁白　欢迎大家来到今天的拍卖会，今天我们要拍卖的物品是宋朝

名臣包拯所使用的砚台。现在我们开始竞价。

拍卖师 让我们恭喜这位小姐最终以一千万元拍得了这个砚台。

观众 等一下！这个砚台根本不是包拯所用的，据我所知，曾经有人将这个砚台送给包拯，但是包拯并没有收。

竞买人 啊……这是怎么一回事？

旁白 那就让我们来看看这个砚台背后的故事吧，请大家欣赏"不持一砚归"小剧场。

第二幕 不持一砚归

旁白 端州（今广东肇庆）盛产砚台，端砚是"中国四大名砚"之一，佳者片石千金。砚台是宋朝士大夫最珍爱的时髦雅器。凡在这里做"一把手"的官员，都在"贡砚"规定的数量外加征几十倍的数额以贿赂朝廷权贵，打点中央的关系，此举加重了老百姓的负担。

小臣 刘大人，今年端砚已经做出来了，丞相大人那边我们还是按照之前的数量给他送去吗？

刘大人 如今我的小儿子在丞相大人手下办事，还要倚仗他多多关照，今年的砚台比往年还要多一些，你派人去给本官好好盯着，如有差池，唯你是问。

小臣 大人放心，卑职一定好好看着，保证让丞相大人满意，到时候才好照顾咱们小公子。

第三幕 包拯上任

旁白 庆历元年，包拯受皇帝之命，上任端州知府。不久，到了要向朝廷上贡砚台的日子。

小厮 大人，这是今年要上贡的砚台，请您过目。

包拯 （清点砚台，发现数量不对，皱眉）这砚台的数量不对，怎么凭空多出这么多来。你去，把清点砚台的人给本官叫来。

（小臣上）

包拯 你就是清点这贡砚的？这砚台的数量怎么回事？

小臣 （笑眯眯）回禀大人，这多出的砚台是孝敬您的，剩下的是给丞相大人的，都在库房里存着呢。

包拯 （听了勃然大怒）大胆，来人！把这人给本官拉下去关进大牢，等候发落。

（小厮上，把小臣关进大牢）

第四幕 彻查贡砚

包拯 来人啊！把所有有关贡砚的官员叫来，本官有话说。

（小臣上）

包拯 本官现在才知道，你们每年多收那么多贡砚原来是为了打点关系，从今往后，你们只能按照朝廷规定的数量来生产端砚，不得多出。

（小臣吃惊）

包拯 （拍桌子怒喊）你们给本官记好了，决不允许再出现这种用贡品压榨百姓、贿赂大臣的事情，如果再擅自作主，本官定严惩不贷。

小臣 （连连点头）是是是，大人息怒，卑职遵命！

第五幕 为官清廉

包拯 （盯着砚台）这样的砚台真的是世间少有的精品，若是能用这样的砚台研墨写字，才真正是读书人的乐趣啊！

小厮 （点头）可不是嘛，这砚台可真是好东西。大人您若是想要，便让他们多做一些便是了。

包拯 （摇头）端砚是贡品，我若是为了自己的一己私利，让百姓为我做端砚，那我和那些压榨百姓的贪官，又有什么区别！

第六幕　不受端砚

旁白　庆历三年，包拯执政期满，被朝廷调任开封。在任期间，包拯深得民心，离任之际，百姓哭送千里，特赠名砚。

百姓　（偷偷摸摸上去，在包拯的包裹中塞进一块砚台，自言自语）如今，包大人要离开端州了，他那么喜欢端砚，一定会喜欢我送他的这份礼物。

包拯　（翻出端砚）这是什么？

小厮　大人，这是百姓们送你的礼物啊！

包拯　将这块砚台扔到湖里去吧。

小厮　可这是百姓们的一番心意，而且您如此喜欢端砚，您不如带走吧。

包拯　（摇了摇头）我在端州那么久，想要一块端砚很容易，只是这不是我该有的东西，我再喜欢也不会要。（将端砚扔进湖中）

第七幕　正家风

旁白　嘉祐七年三月，包拯在枢密院任职时，突然得了重病，日夜缠绵病榻。他深知自己时日不多，便将儿子们叫来床前。

包拯 （无力地坐在椅子上）如果包家以后谁做了官，要是敢收受不义之财，就立刻滚出包家的大门，即使死了，也不能归葬包家的祖坟。

孩子 （看着年迈的父亲悲痛道）谨遵父亲教诲。

包拯 （点了点头）这样我便安心了。后世子孙仕官，有犯赃滥者，不得放归本家。亡殁之后，不得葬于大茔之中，不从吾志，非吾子孙。

旁白 在众多名宦的家训中，如此简短直接的文字实属罕见，但在这仅仅三十七字的句子中，我们也能窥见包拯为人的清正廉洁。因此宋朝的百姓对包拯十分爱戴，包拯去世后，全城百姓痛哭流涕，从此，包拯也成了清官的代名词。

有财无义，惟家之殃

——《古今图书集成·家范典》

意义：有钱财却没有道义，只能是成为家中的祸端。

创作来源 《包拯家训》

包拯家训

后世子孙仕官，有犯赃滥者，不得放归本家。亡殁之后，不得葬于大茔之中，不从吾志，非吾子孙。

译文

将来后代子孙如果做官，有因贪污财物而撤职的，不准许放回老家；死了以后，也不能归葬祖坟。不按照此志向的人，那就不是我的子孙后代。

创作感想

包拯是中国历史上清官廉吏之典范。他廉洁公正、率直正派、不附权贵、铁面无私，敢于替百姓主持正道，故被百姓称为"包青天""包公"，有"关节不到，有阎罗包老"的美誉，深受百姓爱戴。包拯的家训和他的为人一样，不啰嗦，不煽情，短短三十七个字，但字字珠玑，颇像法律条文。他告诫后代子孙，做官的，如有贪赃枉法的，不能回老家，死了以后，也不能进祖坟。在传统中国，不能进祖坟，对子孙后代来说是很大的耻辱。在家训后还补充道："希望包珙把这段话刻在石块上，并竖立在堂屋东面的墙壁旁，以告诫后代子孙。"

《不持一砚归》的小故事就是包拯清正廉洁的品行和家风家教的缩影。如今，全国许多地方都建有纪念包公的祠庙，民间流传着许多关于他的故事，他的事迹很多都被改编成了小说、影视剧。我们小组就以包拯的故事为素材，以民间熟悉的"包青天"的形象为创作核心，以此来阐释清正廉洁的内涵，弘扬正直清白的精神品质和廉洁好家风。

包拯怒铡陈世美

章雯可

剧情梗概

包拯，北宋名臣。包拯廉洁公正、立朝刚毅、不附权贵、英明决断，敢于替百姓申不平，故有"包青天"及"包公"之名，京师有"关节不到，有阎罗包老"之语。后世将他奉为神明崇拜，认为他是奎星转世。本剧中，陈世美杀妻灭子迎娶公主，事情败露后找来太后做靠山，包拯不惧强权，先斩后奏，秉公执法，最终怒铡陈世美，展现了"包公"铁面无私、廉洁公正的形象。

剧情人物

包拯、展昭、小吏、陈世美、太后、公主、宫女、太监

朝代

北宋

旁白 那日又遇一起冤案，包拯坐在明镜高悬的案台前，正在对峙审判。

包拯 皇上御赐龙虎狗三口铡刀，本府有先斩后奏之权，如何审不得你!（严肃）

陈世美 那就一同进宫面圣，请皇上裁夺。（貌似义正辞严，欲转身离开）
（展昭上场，拿剑柄抵住陈世美的脖子）

展昭 展昭在此，你休想逃走。

包拯 来人哪!

小吏 在!

包拯 摘掉他的官帽，脱去他的蟒袍。(凶)

小吏 是！

陈世美 包大人，你！（害怕状）

（小吏上前脱掉陈世美的外衣并抛向空中，陈世美挣扎一下）

（小吏押着陈世美跪下）

（包拯拿醒木在桌子上愤怒地敲了一下）

包拯 （敲完以后紧接着说）陈世美,(愤怒)你既蒙天恩高中状元，就该光宗耀祖，你却贪图荣华富贵，抛弃糟糠之妻，入赘皇家，泯灭人性。似你这般薄情负心之辈，忘恩负义之徒，若是让你侥幸脱罪，逍遥法外，则天理何在，国法何存？如今天理昭彰，报应不爽；法网恢恢，疏而不漏。本府依大宋律例判你铡刀之刑。来人哪！（语速稍微快一点）

（包拯说到"你却"的时候，陈世美开始摇头）

小吏 在！

包拯 龙头铡伺候。

小吏 是！

陈世美 包大人……包大人不要……包大人开恩哪……（摇头）

（小吏上铡刀，押着陈世美，陈世美一直说："包大人开恩哪！"）

（太后被宫女扶着上场，公主跟在后面。包拯看到太后立刻站起来走到桌子前作揖）

太后 包拯！

包拯 臣启太后，公堂之上，自有朝廷规制，如今更有皇上御赐铡刀在此，请恕包拯未依大礼参拜。

太后 哀家不是来受你大礼，哀家是要问，你究竟想要干什么？（语气凶狠，面露威严）

包拯 回太后，包拯正在升堂审案，依法行刑。

太后 哀家问的就是你因何将驸马脱冠去袍，大刑加身！

包拯 回太后，那陈世美正是包拯审判执行的罪犯。

太后 大胆！

（包拯把头低下来）

太后 驸马乃是皇亲国戚，你无权审他。

（包拯立刻抬头）

包拯 太后，臣如今有皇上御赐龙头铡在此。

太后 哀家已请皇上下旨特赦，圣旨即刻就到。

包拯 但眼前当下，包拯并未接获圣旨。

太后 圣旨未到，哀家就不能下旨放人了吗？

包拯 太后，我大宋朝廷律法早有明文，后宫不得干政。（"不得干政"顿开来说，决绝）

太后 包拯！来人哪！

宫女 在！

太后 抢人！

（太后出场后，陈世美面含希冀）

（太后说完"抢人"，宫女和小吏相互推搡）

包拯 展护卫！

展昭 属下在！

（展昭上前一步）

包拯 公堂之上，若有任何人敢劫囚，当场格杀勿论！

（展昭拔剑，甩几下指着太后等人）

（太后和公主身体往后靠，宫女扶住太后，两人面露惊恐）

太后 好一个包拯，今日你若敢将驸马处死，哀家定要让你丢官革职，悔恨终生！

（包拯一个华丽的转身）

包拯 太后，（边说边转）太后请看，（指着牌匾）这"公正廉洁"四字绝非门面摆设、官样文章。（捧起印章）这开封府府尹官印更是皇上所赐、朝廷所颁、百姓所托、国法所依，又岂能因那陈世美一人而法外开恩。如今，太后却为他要包拯罢官去职，太后休说这顶上乌纱，便是要包拯赔上项上人头，今日也要将那陈世美正刑。

（包拯生气地把印章放下，走到桌子前坐下，敲醒木）

包拯 来人哪！

小吏 在！

包拯 开铡！（手往前伸一下）

小吏 是——（声音拖长一点）

陈世美 太后救命，公主救命啊！（一直说）

（一个小吏押着陈世美，一个小吏拿铡刀要砍）

（太后和公主对视，着急状）

（包拯拿起竹签）

太监 圣旨到！

（陈世美站起来，看向门口）

太后 包拯，圣旨已到，难道你真的胆大妄为，连圣旨都不顾了吗？

包拯 掩门！

太后 包拯！

（展昭关门，陈世美不舍地看着门，小吏押着陈世美）

包拯 铡！

（包拯把竹签扔到地上，陈世美顿时人头落地）

创作来源 戏剧《铡美案》

创 作 感 想

　　收到关于"廉洁文化"主题剧本创作时，我们想到的一个传说故事，便是包拯怒铡陈世美。但在《宋史》以及宋朝人的著述中其实根本找不到陈世美这个人物，明代公案小说《百家公案》中才第一次出现了陈世美的名字。清代出版了《三侠五义》及其续书《续七侠五义》，从那以后《铡美案》的故事才有了更为丰富的人物、更为完整的情节，才开始渐渐传播到全国各地，激起百姓们对民生疾苦的大声疾呼、对贪官污吏的愤怒斥责，以及对包拯为国为民的赤胆忠心的赞扬。

　　故事中，包拯面对太后的威胁，毫不动摇，毅然决然将陈世美绳之以法。这让我们知道，一个人要想挺拔屹立于世间，"洁"是必不可少的，它体现在各个方面：生活中的廉洁、官场上的廉洁……包拯之所以能流芳百世，靠的不仅仅是他断案时的雷霆手段，更依赖的是他自身的清白廉洁、刚直不阿。我们组在创作时就抓住了这一点，集中表现他与皇族斗争时的坚定态度，由此体现他"威武不能屈，富贵不能淫"的品性。从文本走向表演，包拯仿佛活生生立在了我们面前，也让我们更加崇敬他，赞叹他。他警醒我们时刻把纪律和规矩、制度和条例，放心尖、留脑海。面对各种情形与威胁，都要坚守清明正派的本心。

包拯铡国舅

叶佳媚

剧情梗概

　　包拯，北宋名臣。他廉洁公正、立朝刚毅、不附权贵、铁面无私、英明决断，敢于替百姓申不平，故有"包青天"及"包公"之名，京师有"关节不到，有阎罗包老"之语。后世将他奉为神明崇拜，认为他是奎星转世。该剧本讲述了陈州三年大旱灾，百姓颗粒不收，国舅安乐侯庞昱欺男霸女，荼毒百姓，克扣赈粮，强征壮丁建造花园等恶劣行径，使得陈州民不聊生。包拯奉旨到陈州查赈，捉拿庞昱。包拯细心查明案情，最终把国舅安乐侯庞昱送上了龙头铡，陈州百姓无不感谢为民做主的包拯。

剧情人物
包拯、衙役、国舅、项福

朝代
北宋

旁白 　包拯是宋朝人，母亲是一位大夫，医术高明，救死扶伤。包拯小时候经常听说书，最恨贪官污吏，从小立下壮志，考取功名，为百姓申冤做主。他在努力下，于宋仁宗天圣五年（1027）考中进士，被授任为大理评事，因其坚持"廉者，民之表也；贪者，民之贼也"的为官原则，不畏强权、清廉为民，最后被召任权知开封府，迁升右司郎中。在其任钦差大臣期间，有这样一件事一直在百姓中流传。

旁白 据说，当时国舅安乐侯庞昱仗着自己是皇亲国戚，抢男霸女、荼毒百姓、克扣赈粮，使得陈州民不聊生，包拯了解情况后决定要为民除害，便命人将国舅抓了起来，押回公馆。

（衙役将庞昱带上堂来）

包拯 （见庞昱项带铁锁）你等太不晓事，侯爷如何锁得？还不与我卸去！

（衙役连忙上前，将锁卸下。庞昱到了此地，不觉就要屈膝）

包拯 不要如此。虽则不可以私废公，然而我与太师有师生之谊，你我乃年家弟兄，有通家之好，不过因有此案，要当面对质，务要实实说来，大家方有个计较。千万不要畏罪回避。

（包拯叫人带上被抢掠的妇女）

国舅 （见包公方才言语，颇有护他的意思；又见和颜悦色，一味地商量，心想包拯必要设法救他，想着莫若他从实应了，求求包黑，求他看爹爹面上往轻里办，我改正改正，也就没了事了）钦差大人不必细问，这些事俱是犯官一时不明作成，此时后悔也是迟了。唯求大人笔下超生，犯官感恩不尽！

包拯 这些事既已招承，还有一事，项福是何人所差？

（国舅闻听，不由得一怔，半晌）

国舅 项福乃太守蒋完差来，犯官不知。

包拯 带项福。

旁白 只见项福被押上堂来，仍是照常形色，并非被囚禁的样子。

包拯 项福，你与侯爷当面对质。

项福 侯爷不必隐瞒，一切事情，小人已一一回禀包大人了。侯爷只管实说。

旁白 国舅见项福如此，也只得应了是自己派来的。包拯叫他画供，国舅此时也不能不画了。画招后，只见众人证俱到。包拯便叫各家上前相认，也有父认女的，也有兄认妹的，也有夫认妻的，也有婆认媳的，嚎哭之声响彻厅堂。

包拯 你们在堂阶两边听候判断！

（包拯又派人去请太守速到）

包拯 恶贼庞昱，你今所为之事，理应解京。我想道途遥远，反受折磨。再者到京必归三法司判断，那时难免皮肉受苦。倘若圣上大怒，必要从重治罪，那时如何辗转？莫若本阁在此发放了，倒觉得爽快。你想好不好？

国舅 （庞昱自知被包拯设计，在劫难逃，顿时心如死灰，但仍企图保住性命）但凭大人作主，犯官安敢不遵？

包拯 （顿时把脸放下，虎目一瞪）请御刑！

（两边衙役一声喊，堂威震吓）

旁白 只见四名衙役将龙头铡抬至堂上，安放周正。恶贼庞昱一见，胆裂魂飞。四名衙役过来，给庞昱口内衔了木嚼，剥去衣服，将芦席铺放，立刻卷起，用草绳束了三道，将他抬起，走至铡前，放入铡口。百姓纷纷称赞包拯赤心为国，为民除害，无不拍手称快。

创作来源　　《三侠五义》

三侠五义（节选）

且说张、赵二人押解庞昱到了公馆，即行将庞昱带上堂来。包公见他项带铁锁，连忙吩咐道："你等太不晓事，侯爷如何锁得？还不与我卸去！"差役连忙上前，将锁卸下。庞昱到了此时，不觉就要屈膝。包公道："不要如此。虽则不可以私废公，然而我与太师有师生之谊，你我乃年家弟兄，有通家之好，不过因有此案，要当面对质，务要实实说来，大家方有个计较。千万不要畏罪回避。"说毕，叫带上十父老并田忠、田起元及抢掠的妇女，立刻提到。包公按呈子一张一张讯问。庞昱因见包公方才言语，颇有护他的意思；又见和容悦色，一味地商量，必要设法救他，"莫若他从实应了，求求包黑，或者看爹爹面上往轻里改正改正，也就没了事了。"想罢，说着："钦差大人不必细问，这些事体俱是犯官一时不明作成，此时后悔也是迟了。惟求大人笔下超生，犯官感恩不尽！"包公道："这些事既已招承，还有一事，项福是何人所差？"恶贼闻听，不由得一怔，半晌，答道："项福乃太守蒋完差来，犯官不知。"包公吩咐："带项福。"只见项福走上堂来，仍是照常形色，并非囚禁的样子。包公道："项福，你与侯爷当面质对。"项福上前，对恶贼道："侯爷不必隐瞒，一切事体，小人已俱回明大人了。侯爷只管实说了，大人自有主见。"恶贼见项福如此，也只得应了是自己派来的。包公使叫他画供。恶贼此时也不能不画了。画招后，只见众人证俱到。包公便叫各家上前厮认，也有父认女的，也有兄认妹的，也有夫认妻的，也有婆认媳的，纷纷不一，嚎哭之声不堪入耳。包公吩咐，叫他们在堂阶两边听候判断，又派人去请太守速到。包公便对恶贼道："你今所为之事，理应解京。我想道途遥远，反受折磨。再者到京必归三法司判断，那时难免皮肉受苦。倘若圣上大怒，必要从重治罪，那时如何展转？莫若本阁在此发放了，倒觉得爽快。你想好不好？"

庞昱道："但凭大人作主，犯官安敢不遵？"包公登时把黑脸放下，虎目一瞪，吩咐："请御刑！"只这三个字，两边差役一声喊，堂威震吓。只见四名衙役将龙头铡抬至堂上，安放周正。王朝上前抖开黄龙套，露出金煌煌、光闪闪、惊心落魄的新刑器。恶贼一见，胆裂魂飞，才待开言，只见马汉早将他丢翻在地。四名衙役过来，与他口内衔了木嚼，剥去衣服，将芦席铺放（恶贼哪里还能挣扎），立刻卷起，用草绳束了三道。张龙、赵虎二人将他抬起，走至铡前，放入铡口，两头平均。此时马汉、王朝黑面向里，左手执定刀靶，右手按定刀背，直瞅座上。包公将袍袖一拂，虎项一扭，口说"行刑"二字。王朝将彪躯一纵，两膀用力，只听咔喳一声，将恶贼登时腰斩，分为两头一边齐的两段。四名差役连忙跑上堂去，各各腰束白布裙，跑至铡前，有前有后，先将尸首往上一扶，抱将下去。张、赵二

后世子孙仕官有犯脏滥者不得放
归本家亡殁之后不得葬于大茔之
中不从吾志非吾子孙

出自包拯家训，意义在于后代子孙做官的人中如
有犯了贪污财物罪而撤职的人都不
许放回老家死了以后也不允
许葬在祖坟不顺从我非子孙后代

庚子夏高馆任书于西子湖畔

人又用白布擦抹铡口的血迹，堂阶之下，田起元主仆以及父老并田妇村姑见铡了恶贼庞昱，方知老爷赤心为国，与民除害，有念佛的，有趁愿的，也有胆小不敢看的。

创作感想

在中国，恐怕无人不知"包公"，他以"刚直不阿、断案如神"闻名。在民间，也有许多关于他的故事、传说，有些甚至被编成戏剧流传下来。据说，被包拯弹劾过的官员有三十人之多，如贩卖私盐以牟取暴利的淮南转运按察使张可久、役使兵士为自己织造一千六百余匹驼毛缎子的汾州（今山西汾阳）知州任弁及监守自盗的仁宗亲信太监阎士良等。即便是受宋仁宗青睐，与宰相陈执中、贾昌朝关系密切的转运使王逵，包拯也连续七次上章弹劾，最后一次更直接指责宋仁宗说："今乃不恤人言，固用酷吏，于一王逵则幸矣，如一路不幸何！"其言激切刚直，朝野震动，舆论汹汹，迫使朝廷最终罢免了王逵。他严于律己，性情严峻刚正，不徇私情；他力申"廉者，民之表也；贪者，民之贼也"，以躬身力行并教之于后代，订立了家训，并将家训镌刻于石碑，竖立于堂屋东壁，以昭示后人。他平生整治吏治、举贤任能、为民请命，是中国历史上的名臣，杰出的清官廉吏代表，也成为廉洁文化的符号。我们以耳熟能详的包拯的故事为主线，用略显生涩的表演告诉世人，清白做人、干净做事。

东坡风骨

韩靖妍

剧情梗概

　　苏轼，字子瞻，号东坡居士，世称苏东坡，北宋文学家、书法家、美食家、画家。因"乌台诗案"被贬，宋孝宗时追谥"文忠"，为"唐宋八大家"之一。本剧中，宋神宗欲低酬购买浙灯四千盏，以庆元宵，苏轼恐其劳民伤财，无益于社稷，遂上书《谏买浙灯状》。后来，东坡身居高位后，去友人家里做客，仍然食不求甘，不改勤俭廉洁本色。

剧情人物

苏轼、苏辙、友人、说书人

朝代

北宋

第一幕　罢买花灯

说书人　苏轼曾做过宋哲宗的侍读。他在给皇帝的奏章中讲述皇帝成功治理天下必须注意的六件事，其中很重要的一件是：讲节俭，简约朴素，不劳民伤财。有一次宋神宗为大办元宵节，欲购买浙灯四千盏。苏轼知道后，非常反对这样铺张浪费、劳民伤财的做法。再三思虑后，他舀水磨墨，就大胆写了《谏买浙灯状》。

苏轼说话、写文章尖锐雄辩、锋芒毕露，在官场上得罪了不少人，所以一家人都怕苏轼奏章惹祸。

平日里沉默寡言、委婉谦和的苏辙，回到家中大声叫着大哥苏轼，家里人都被他的反常行为吓了一跳。

苏辙正要答话。

苏轼 （大声问）皇上降罪了吗？是罢官，还是下狱？我都准备好了。（察言观色稍停顿）看你这样子，莫非要杀头？

苏辙 哥！皇上下诏——罢买花灯。

苏轼 （愣了）当真？

苏辙 真的！听宫里传出的话，说皇上读《谏买浙灯状》，读得忘了吃饭，读罢热泪盈眶，说："朕一心变法，乃为民富国强。如今，民未富，国未强，朕竟让百姓雪上加霜，是朕失德了！"饭未吃完，立马下诏，罢买花灯！

《东坡风骨》小组彩排花絮

苏轼 （仰天大叫）朝廷之事，尚有希望！

苏辙 皇上不但下诏罢买花灯，还下诏，今后宫中一切事务皆须简约，不得靡费。

第二幕　食不求甘

说书人 一次，苏轼的一位好友从远地回来，两人多年不见，分外亲热。好友请他去叙旧，苏轼推辞不过，再三叮嘱他按老规矩，不可铺张。友人连连答应。

苏轼按约赴宴。当他来到友人家中一看，大吃一惊。原来，友人觉得多年不见，今日宴请苏轼理应丰盛一些，而在苏轼看来却是过于奢华铺排了。

苏轼 （皱皱眉头）有约在先，怎么还这样铺张？

友人 （一再解释）按我原意，比这还要丰盛，已经按兄长之意减去了一半。

苏轼 （摇摇头）你还是不了解我呀，我不是仅嘴上说说而已，而是从心底里反对浪费。请你撤去多余菜饭，够你我二人食用即可，不然我就告辞了！

友人 （点点头，心里顿时升起崇敬之情）好，按你的意思办！

（家人撤去了一大半菜肴，仅留四个盘子一壶酒）

苏轼 （笑着说）这不是很好嘛！

（他和友人举起酒杯，愉快地叙谈起来）

友人 （待苏轼走后，感慨）当年东坡遭难时生活非常节俭、清苦。没想到如今身居高位，依旧本色不变。

创作来源　　　　《宋史·苏轼传》

宋史·苏轼传（节选）

熙宁四年，会上元敕府市浙灯，且令损价。轼疏言："陛下岂以灯为悦？此不过以奉二宫注之欢耳。然百姓不可户晓，皆谓以耳目不急之玩，夺其口体必用之资。此事至小，体则甚大，愿追还前命。"即诏罢之。

译文

熙宁四年（1071），适逢元宵节，皇帝下令为宫中购买花灯，并且要求压低价格。苏轼上书说："皇上您哪里是自己喜欢看花灯呢？您这样做只不过是为了让皇太后和皇后高兴罢了。但是老百姓却不可能家家户户都明白您的用心，都认为您是为了满足眼睛观赏的需要，夺取了他们吃饭穿衣所必需的钱财。这件事很小，但它的影响很大，希望您收回这个命令。"皇帝于是下诏停办这件事。

创 作 感 想

　　杭州是一座历史文化名城，我们就从杭州的文化名人中寻找廉洁的故事。苏东坡的名字家喻户晓，他的千古名句"但愿人长久，千里共婵娟"人人耳熟能详，他的《定风波》《赤壁赋》曾勉励了无数人。毫不夸张地说，每个人心中，都有一个苏东坡。林语堂曾说过，"苏东坡已死，他的名字只是一个记忆，但是他留给我们的，是他那心灵的喜悦、思想的快乐"。苏东坡的人生际遇可以说是挫折，是苦难，是生命不可承受之重。他一直处在政治的旋涡中，数次被贬，甚至惨遭下狱。但他把苦难当作人生的炼金石、清醒剂，为国忧思，为民请命，把生活过得热气腾腾，在最低谷的境遇里，依然活出最高的境界。他是一代文人的精神脊梁，如一抹清晖，亮丽了山河，映彻了古今。横跨西湖之上的苏堤时时提醒我们，无论是顺境还是逆境，都要学会宠辱不惊、淡泊明志、豁达真诚。

寒花晚节

王涵之

剧情梗概

　　南宋名臣崔与之在谢绝政事后仍清廉自持、守正不阿。儿子成婚时，面对亲家提供的豪华嫁妆，断然推辞，坚守简朴之风；姐姐崔爱莲希望他提携外甥刘鸿时，也是拂袖拒绝、维护朝廷正气。他的"盛德清风，跨映一代"，成就了"晚节留香"的美谈。

剧情人物

崔与之、阿福、崔爱莲、赵大人、刘鸿

朝代

南宋

第一幕　拒礼

旁白　崔家公子不日即将娶亲，亲朋好友纷纷前来贺喜。此刻，崔府洋溢着忙碌而喜庆的气氛。只有家主崔与之仍然悠然自得，手捧书卷，口中吟诗。

（崔与之踱着方步，手拿一卷书，边看边读）

崔与之　虽惭老圃秋容淡，且看黄花晚节香！（他最喜欢的北宋名臣韩琦的名句）（抚摸胡须）好诗，好诗啊！

（家丁阿福跑上来）

阿福　老爷，老爷！大喜事！大喜事！

崔与之　何事？慢慢说，大呼小叫成何体统！

阿福　（气喘吁吁）老爷，咱家公子的婚事这下可体面了！

崔与之　此话怎讲？

阿福　听说亲家公给了他女儿六百石苗田作为陪嫁！六百石苗田哪！这得是多大的家业啊！

崔与之　素闻亲家公家境殷实，没想到出手如此大方。（阴沉下脸）可属实？

阿福　属实！不然也不敢贸然跑来跟老爷道喜！

崔与之　立刻去告诉公子，让他务必推辞，断不可接受！

（崔与之拂袖转身）

阿福　（惊）啥？老爷，这可是嫁妆，陪嫁的，也是亲家的一番心意。

崔与之　你在咱家这么多年，来送礼的那么多人，老夫我可曾收过吗？

阿福　是是是，我知道您清正廉洁，可这回是亲家公送来的，收下也是应该的！

崔与之　你我既不愁吃喝，要这些家财何用？钱财乃身外之物，多了并无益处。我崔府上下，还是继续保持简朴之风为好哇！

阿福　（嘟哝道）这也太可惜了！

崔与之　还愣着干什么，还不赶紧去告诉公子，礼成之前务必将此嫁妆退掉。快去！

阿福 是，老爷。

旁白 阿福刚离开，赵大人就过来送礼。

赵大人 令郎娶亲，这是我一点小小的心意，不成敬意。看在咱俩老朋友的份上，收下吧！

旁白 这份贺礼，果不其然，也被崔与之拒绝了。一番解释后，赵大人知道了崔与之的良苦用心。看到老友稍有遗憾，崔与之向老朋友要了一把扇子作为贺礼，并回赠墨宝一幅，以表对老朋友的谢意，两人尽欢而散。

第二幕 拒求官

旁白 赵大人走后，崔与之的姐姐崔爱莲带上儿子来见崔与之。一番贺喜过后，崔姐姐犹豫着开口了。

崔爱莲 其实我此次前来，还有一事相求，可否为吾儿刘鸿在京中谋个一官半职？

崔与之 不可！

崔爱莲 当年母亲早逝，我含辛茹苦把你带大，家道艰难，我织布卖柴，供你读书。现在你有出息了，却不肯帮帮吾儿刘鸿，给他一个好的前程。

崔与之 官职是国之公器，不是我崔与之个人的。国家选贤用能，是通过正当途径公平公正公开选拔的，不能私相授受，任人唯亲。

崔爱莲 你两次抗击金兵，并认真筹划扬州守御事务，建成了一支优秀的淮东军！守边五年，边境无战乱……

崔与之 正因如此，姐姐，还请您理解我精忠报国的决心，我若这样以权谋私，会败坏朝廷风气，还请姐姐成全我的名节。外甥还年轻，品行端正，又有才华，将来前途定不可限量，一定可以通过科举显亲扬名，光宗耀祖，为国家、为老百姓做一番事业。

刘鸿 （一步上前）母亲，我已经想好了！我明白舅舅的良苦用心，我会自己努力考取功名，不辜负您和舅舅的期望。

崔与之 好！不愧是我的外甥。之后你就跟在我身边，我亲自教导你。

旁白 刘鸿从此跟随舅舅潜心学习，悬梁刺股，更把崔与之的廉洁精神牢记心间。之后凭借自己的努力考取了功名。

创作来源 《九日水阁》

九日水阁

［宋］韩琦

池馆隳催古榭荒，此延嘉客会重阳。
虽惭老圃秋容淡，且看寒花晚节香。
酒味已醇新过熟，蟹螯先实不须霜。
年来饮兴衰难强，漫有高吟力尚狂。

译文

　　池畔的堂馆已经坍塌，古老的台阁一片荒凉，我在此地殷勤接待宾客，共同度过这美好重阳节。虽然惭愧古旧的园圃秋色黯淡，就像我饱经风霜的面容一样，但看一看晚年的气节，正如盛开的黄菊散发清香。新酿的美酒的味道醇厚而又芬芳。螃蟹早就长得肥嫩，不必再等秋日的寒霜。近年来豪放饮酒的兴致衰减难以勉强，只有高吟诗歌的才力还很健旺。

创作感想

崔与之是宋代岭南地区由太学而取士的第一人，他守淮五载，卫护四蜀，淡泊名利，急流勇退。他不避艰苦，尽心公务，不惧权势，秉公执法，奖廉肃贪，访百姓疾苦。临终时，他嘱咐家人"不许作佛事，薄葬即可"。他深受百姓爱戴，其晚节留香的故事也为后世所推崇。

从古至今，廉政对于国家和官员都极为重要。古时候有清廉义正、拒收礼金的"四知先生"，当代则有周恩来总理不占公家丝毫便宜"三付饭费"的故事，这些事例都启示我们要对国家与人民忠诚，在规矩和纪律面前要心存敬畏，慎独慎微，辨是非、明公私，对照要求守底线、找差距，强化自我修炼，在廉洁自律上做表率。

《宴子春秋·内篇》曰："廉者，政之本也。"廉洁自律是为政的基石。"打铁还需自身硬"，一个党员干部只有自己练就金刚不坏之身，不搞特权、不谋私利、不徇私情，才能把腰板挺直，赢得群众的信赖。相反，挡不住诱惑、守不住底线，干事创业就难有底气，与群众的距离就会越来越远。要知道，破一次规矩，就会留一个污点；搞一次特殊，就会减一分威信；谋一次私利，就会失一片人心。只有时刻将廉洁放在心上，落实在行动上，才能"公生明、廉生威"，做一个真正的共产党人。

墨 梅

葛雨萌

剧情梗概

王冕，字元章，号煮石山农，亦号食中翁、梅花屋主等，诸暨（今浙江省绍兴市诸暨枫桥）人，元末著名画家、诗人、篆刻家。王冕性格孤傲，鄙视权贵，诗作多为同情人民苦难，谴责豪门权贵，轻视功名利禄，描写田园隐逸生活。王冕一生清廉，因贪官作恶于民间而拒绝为其作画，坚守正义。他一生爱好梅花，种梅、咏梅，又工画梅。所画梅花花密枝繁，生意盎然，劲健有力，对后世影响很大。

剧情人物

王母、王冕、时知县小厮、秦小二

朝代

元朝

旁白 元朝时候有个大画家，名叫王冕，最擅长绘画，许多人都想得到他的画。当朝大臣危素十分喜爱王冕所作之画，时知县为讨好危素，欲向其献王冕画作，于是，屈尊来到乡间向王冕求画。

王冕 （正在房内写字，停笔）唉，听闻明日时知县要来向我要画，我不想给他。

王母 那怎么办？

王冕 母亲，明日他来找我，你就说我放牛未归，其他的我都跟秦小二说好了。

王母 好吧！

（时知县带着小厮来到王冕家门前）

小厮 （敲门）在吗？在吗？有人在吗？

王母 （开门）谁啊？

小厮 噢，大娘啊，你家王老大在家吗？我家知县大人找他有事。

王母 他不在家，从清早牵牛出去饮水还未回来。你如果要找他就到河边去看看。

小厮 啧，真麻烦！

小厮 （跟知县说）知县大人，那王老大不在家，他去河边了，小的给您带路。

（时知县来到河边，只看见一个牧童）

小厮 知县大人，那边有个牧童，小的去打听打听。欸，那边的，秦小二，你知道隔壁家的王老大在哪吗？

秦小二 你来得可真不凑巧，他到二十里外王家集亲家那里吃酒去了。

小厮 二十里？这是耍我们呢！知府大人，那王老大根本不想给您画画，他耍我们呢。

（时知县听后心下恼怒，打道回府了！）（而王冕并没有远行，随即走回家来）

王冕 母亲！

王母 （过来抱怨他说）你方才太执拗了，他是一县之主，你怎好这样怠慢他？

王冕 时知县倚仗危素的势力，在这里欺压百姓，无所不为。这样的人，我为什么要同他来往？

王母 儿啊，要不还是出去暂避风头吧，我怕他为难你啊！

王冕 可我走了，您该怎么办？

王母 我虽年老，倒无疾病，你可放心。我又没罪，难道官府还能

《墨梅》小组彩排花絮

抓了我不成？

王冕 孩儿不孝，不能在母亲膝下侍奉。

（次日五更，王冕起来背上行李，母子洒泪告别，由秦老送到村口）（走在乡间小路上，适逢一树梅花傲然挺立，王冕有感而发）

王冕 我家洗砚池头树，朵朵花开淡墨痕。不要人夸好颜色，只留清气满乾坤。

创作来源　　　　　《墨梅》

墨梅

［元］王冕

我家洗砚池头树，

朵朵花开淡墨痕。

不要人夸好颜色，

只留清气满乾坤。

译文

这幅画画的是我家洗砚池边的梅树，花开朵朵，都是用淡淡的墨汁点染而成的。它不需要别人夸奖颜色美好，只要在天地间散播清香之气。

创 作 感 想

王冕，元代诗人、文学家、书法家、画家，字元章，号煮石山农，是浙江诸暨人。之所以选择王冕的这首诗，不仅是因为梅花低调内敛、寒冬傲骨的气质，更因为王冕如梅花般质朴、高洁的品质深深打动了我们。

他自幼家贫，白天放牛，晚上到佛寺长明灯下苦读，终于学得满腹经纶，而且能诗善画，多才多艺。但他屡试不第，又不愿巴结权贵，于是绝意功名利禄，归隐山林，作画易米为生。《墨梅》诗中一"淡"一"满"尽显梅花高洁端庄、神清骨秀的气质，也表达出王冕鄙薄流俗、清高正直的生活操守，为世人留下了宝贵的精神财富。作为新时代青年，应学习墨梅的品格、王冕的精神，自觉抵御各种诱惑，坚定理想信念，坚守初心使命，志存高远，淡泊名利，为中华民族伟大复兴谱写最靓丽的青春篇章，在国家最需要的地方，像梅花般绽放青春最美芳华。

食中廉洁·始终廉洁

陈雨柔

剧情梗概

　　该剧第一部分以小剧场的形式展现了明朝开国皇后马皇后的故事。马皇后生日宴请群臣，宴上的菜品不是珍馐美馔，而是各有寓意的四菜一汤：烧萝卜、炒韭菜、两碗青菜、小葱豆腐汤，群臣由一开始的疑惑转到醒悟，体现了为政者的富而节俭。第二部分以奶奶和孙女对话的形式展开，讲述苏轼对"三白"的解读：一撮盐、一碟生萝卜、一碗饭，还由此延展到"人间有味是清欢"，以及苏轼其他诗中提到的"三白"，并以《老子》"见素抱朴，少私而寡欲"作结，体现苏轼不偏不倚、恬淡豁达的处世之道。第三部分以奶奶和孙女的对话引出屈原的《楚辞·卜居》，以此追溯"廉洁"一词的来源，同时体现出屈原直姐石砥、颜如丹青的品质。从今追溯至古，由古指引到今，整场表演以合唱《爱莲说》作为结尾，呼吁青年人传承和坚守廉洁品质。

剧情人物
店小二、朱元璋、马皇后、大臣1、大臣2、宫女、奶奶、孙女、屈原

朝代
明朝、宋朝、战国

《食中廉洁·始终廉洁》小组彩排花絮

第一幕　朱元璋端午家宴

旁白　端午节到了，这一天正好是马皇后的生日，朱元璋在宫中大摆筵席。

（宫宴音乐起）

（大臣们入场）

大臣1 （窃窃私语）我早就听说帝、后感情深厚，今天皇后娘娘大寿，万岁爷肯定会大肆操办，网罗天下佳肴。

大臣2 （暗暗附和）希望能沾沾马皇后的光，尝一尝天下美味。

大臣1 （摩拳擦掌）我可是从昨天中午就开始期待了，想到过会儿能吃到的珍馐美味，我这两天吃什么都没有味道！

大臣2 （摩拳擦掌）俺也一样。

（文武百官纷纷献礼，齐声贺寿）

大臣们 贺皇后娘娘千岁之寿，富贵千年之贺礼敬上！

朱元璋 诸位爱卿，今日设此宴席，为的是庆祝马皇后的生辰。上菜！

宫女 这一道是白玉献宝。（掀开盖子）

（大臣们左看右看，不明所以，因为盘子里只是一份普普通通的烧萝卜）

大臣2 这是，萝卜？

朱元璋 （见状，率先吃了一口）众爱卿为何不动筷呀，萝卜可是好东西啊，萝卜上了街，药店无买卖，希望大家以后上街，都能让老百姓高高兴兴的。

（紧接着，朱元璋又命人打开了第二道菜的罩子。这次盘子里是一道炒韭菜）

宫女 这道菜叫宫门献柳。

马皇后 这韭菜青又青，长治久安定人心。希望大明朝能在诸位齐心协力的辅佐下，长治久安。

（然后端上来的是第三道菜，这是一碗青菜。紧接着，第四道菜也端了上来）

宫女 这可是重头戏，二龙腾飞！

朱元璋 （指着这两道菜）两碗青菜，两袖清风。希望大家以后都能保持清正廉洁，不要去沾染那些不良习气。

（最后上的一道菜是小葱豆腐汤）

宫女 最后一道，翡翠白玉汤。

马皇后 （喝了一口）小葱豆腐，清清白白。我希望大家以后做事，也都能清清白白，让百姓安心。

大臣 （恍然大悟）哦——

旁白 朱元璋借着为马皇后庆寿的机会，间接规劝大臣们安分守己，本分做官，不贪不污。后来，这件事就传到了民间，老百姓纷纷称赞朱元璋和马皇后的贤明与智慧，于是便编了一首歌谣："皇帝请客，四菜一汤。萝卜韭菜，着实甜香。小葱豆腐，意味深长。一清二白，贪官心慌。"人们请客吃饭时，点四菜一汤的习俗也便流传了下来。

第二幕 "三白饭"的故事

店小二 上菜咯——（音乐起）这三道菜叫"三白"！（有人开始画画）

奶奶 北宋大文豪苏东坡，与刘贡父闲谈时说起："我和弟弟当年在家乡读书时，每天都吃'三白饭'，那味道真是鲜美极了，我不相信这世间还有比这更好吃的'八珍'！"

刘贡父好奇地问："'三白饭'是哪'三白'呀？比'八珍'还好吃？"苏东坡卖起关子，请刘贡父猜。

孙女 奶奶、奶奶，我知道！是不是太湖三白——白鱼、银鱼和白虾！（奶奶摇摇头）那是白肉、白酒和白糕？（奶奶依旧摇头）那是山药、萝卜和银耳吗？奶奶，那是什么呀？

奶奶 刘贡父就和你一样猜了半天都猜不出来。苏东坡这才笑着告诉他："一撮盐、一碟白萝卜、一碗饭，这不就是'三白饭'吗？"刘贡父听了，恍然大悟，不由拍掌大笑，连连说妙。这

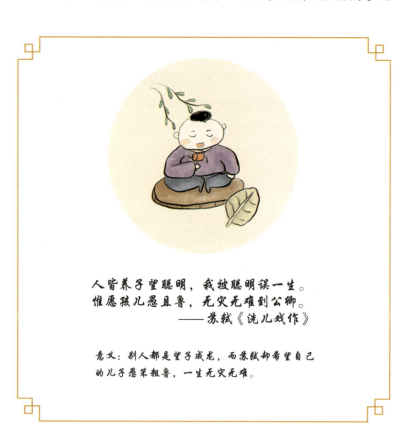

人皆养子望聪明，我被聪明误一生。
惟愿孩儿愚且鲁，无灾无难到公卿。
——苏轼《洗儿戏作》

意义：别人都是望子成龙，而苏轼却希望自己的儿子愚笨粗鲁，一生无灾无难。

"三白"东坡先生可是终生不忘，就是在朝为官，也不改初衷啊！

孙女 哎，奶奶！这让我想起了苏东坡在《浣溪沙》里写到的"雪沫乳花浮午盏，蓼茸蒿笋试春盘。人间有味是清欢"。"清欢"者，清淡的欢愉也，正是体现了他对清茶淡饭的享受啊！

奶奶 不错，其实呀，苏东坡在另外两首诗中也都提到过"三白"，"来牟有信迎三白，蘑卜无香散六花"，"高歌对三白，迟暮慰安仁"，这里的"三白"呢，是在说下雪，不于雪中叹老，尽期明日春色，东坡先生实乃乐观豁达之人。

旁白 《老子》曰："见素抱朴，少私而寡欲。"我们也要向东坡先生学习，传承这份节俭自律、知足常乐的美德。

第三幕 屈原直如石砥

店小二 端午节，最后一道菜，一定是——粽子！

奶奶 我们都知道，端午节吃粽子是为纪念屈原。屈原虽是中国历史上著名的爱国诗人，但他的生平际遇可是令人哀叹啊！

孙女 他失信于楚怀王，又遭受谗言诽谤，先后被流放至汉北、江南。在楚国国都被秦国攻占后，不堪故国灭亡之痛，投江殉国。

奶奶 （点头以示称赞）"世溷浊而不清。蝉翼为重，千钧为轻。黄钟毁弃，瓦釜雷鸣。谗人高张，贤士无名。"《楚辞·卜居》就很好地体现了他在逆境中的痛苦与对自身选择的坚持。

（朗诵音乐起）（众人退场，屈原上场）

孙女 "吾宁悃悃款款朴以忠乎，将送往劳来斯无穷乎？宁诛锄草茅以力耕乎，将游大人以成名乎？宁正言不讳以危身乎，将从俗富贵以偷生乎？宁超然高举以保真乎，将呢訾栗斯喔咿嚅唲以事妇人乎？宁廉洁正直以自清乎，将突梯滑稽如脂如韦以洁楹乎？宁昂昂若千里之驹乎，将泛泛若水中之凫与波上下偷以全吾躯乎？宁与骐骥亢轭乎，将随驽马之迹乎？宁与黄鹄比翼乎，将与鸡鹜争食乎？此孰吉孰凶？何去何从？世溷浊而不清，蝉翼为重，千钧为轻。黄钟毁弃，瓦釜雷鸣。谗人高张，贤士无名。吁嗟默默兮！谁知吾之廉贞？"

奶奶 《卜居》此文文如贯珠，妙不可言，屈原此人也性情高洁，怀抱美政。惊才风逸，壮志烟高，此诚俊彦之英也。

奶奶 旨远辞高，同风雅并体。形廉志洁，与日月齐光。

孙女 屈原膺忠贞之质，体清洁之性，直如石砥，颜如丹青，实乃坚守之典范。

旁白 朱元璋厉行节约，马皇后富而节俭，实乃清廉之典范。苏东坡无论是身居高位，还是落魄南荒，始终秉持淡泊、乐观的人生态度，实乃豁达之典范。

孙女 回望历史方明初心，廉洁情怀因前人之辉彪炳史册，因吾辈传承不断延伸。坚守、清廉、豁达，出淤泥而不染，濯清涟而不妖。

第四幕 众人合唱《爱莲说》

（演员齐上场，合唱）予独爱莲之出淤泥而不染，濯清涟而不妖，中通外直，不蔓不枝，香远益清，亭亭净植，可远观而不可亵玩焉。

可远观而不可亵玩焉。

创作来源 《曲洧旧闻》《浣溪沙·细雨斜风作晓寒》《楚辞·卜居》

曲洧旧闻（节选）

［南宋］朱弁

东坡尝与刘贡父言："某与舍弟习制科时，日享三白，食之甚美，不复信世间有八珍也。"贡父问"三白"，答曰："一撮盐，一碟生萝卜，一碗饭，乃三白也。"贡父大笑。

译文

苏东坡对刘贡父说:"我和弟弟当年在家乡读书时,每天都吃'三白饭',那味道真是鲜美极了,我不相信这世间还有比这更好吃的'八珍'了!"

刘贡父问:"'三白饭'是什么?"苏东坡答道:"一撮盐、一碟白萝卜、一碗饭,这就是'三白饭'。"刘贡父听了大笑。

浣溪沙·细雨斜风作晓寒

〔宋〕苏轼

细雨斜风作晓寒,淡烟疏柳媚晴滩。入淮清洛渐漫漫。雪沫乳花浮午盏,蓼茸蒿笋试春盘。人间有味是清欢。

译文

冬天的早晨,细雨斜风天气微寒,淡淡的烟雾和稀疏的杨柳使初晴后的沙滩更妩媚。洛涧入淮后水势一片茫茫。乳白色的好茶伴着新鲜如翡翠般的春蔬,这野餐的味道着实不错。而人间真正有滋味的还是清淡的欢愉。

楚辞·卜居

[战国] 屈原

　　吾宁悃悃款款。朴以忠乎，将送往劳来。斯无穷乎？宁诛锄草茅以力耕乎，将游大人以成名乎？宁正言不讳以危身乎，将从俗富贵以偷生乎？宁超然高举以保真乎，将哫訾栗斯喔咿嚅唲以事妇人乎？宁廉洁正直以自清乎，将突梯滑稽如脂如韦以洁楹乎？宁昂昂若千里之驹乎，将泛泛若水中之凫与波上下偷以全吾躯乎？宁与骐骥亢轭乎，将随驽马之迹乎？宁与黄鹄比翼乎，将与鸡鹜争食乎？此孰吉孰凶？何去何从？世溷浊而不清。蝉翼为重，千钧为轻。黄钟毁弃，瓦釜雷鸣。谗人高张，贤士无名。吁嗟默默兮！谁知吾之廉贞？

译文

　　我宁可诚恳朴实、忠心耿耿呢，还是迎来送往、巧于逢迎而摆脱困境？宁可垦荒锄草勤劳耕作呢，还是交游权贵而沽名钓誉？宁可毫无隐讳地直言为自己招祸呢，还是顺从世俗贪图富贵而苟且偷生？宁可鹤立鸡群而保持正直操守呢，还是阿谀逢迎、强颜欢笑以侍奉那位妇人？宁可廉洁正直以保持自己的清白呢，还是圆滑诡诈、油滑适俗、趋炎附势？宁可像志行高远的千里驹呢，还是像浮游的野鸭随波逐流而保全自身？宁可与骐骥并驾齐驱呢，还是追随那劣马的足迹？宁可与天鹅比翼高飞呢，还是同鸡鸭在地上争食？上述种种，哪个是吉哪个是凶，哪个该舍弃哪个该遵从？现在的世道混浊不清：认为蝉翼是重的，千钧是轻的；黄钟大吕竟遭毁弃，瓦釜陶罐却响如雷鸣；谗佞小人嚣张跋扈，贤明之士则默默无闻。唉，沉默吧，谁人能知我廉洁忠贞的心？

——李梦生等：《古文观止译注》，上海古籍出版社2005年版。

创 作 感 想

在剧本创作之初，我们希望整场演出能有丰富的表现形式，同时又通过一个主题、一个中心串联起来。中华传统文化中蕴含着丰富的廉洁思想，其在饮食文化中也不乏体现。最终我们选择了与朱元璋、苏轼和屈原三位历史人物有关的饮食故事，来生动阐释和演绎廉洁的内涵。表演以端午家宴为背景，以家宴上的几道菜为主线，分为"四菜一汤""三白""粽子"三个部分，以饮食为廉洁文化的脉络，串联起现代—明朝—宋朝—战国的时间倒叙。第一部分以小剧场的形式展现，以"四菜一汤"的历史小故事为主线，撑起朱元璋、马皇后宴请朝臣的大场面。第二部分以《曲洧旧闻》中苏轼的故事为创作基础，表现出苏轼淡然豁达、清廉朴素的品格。第三部分以屈原的《楚辞·卜居》将剧本推至高潮，最后我们将目光转移回现代，既对前三个部分做出总结，也对未来做出展望。在整个廉洁剧本的创作过程中，每一位组员分工负责，通力合作。在一遍遍的诵读、讨论、交流、彩排中，我们不断加深对作品的理解，不断深化对廉洁的感悟，更明白了坚守内心那份纯真的廉洁淡然品质的意义。

于谦两袖清风

徐舒琪

剧情梗概

　　于谦，字廷益，号节庵，因官至少保，世称于少保。他是明朝大臣，军事家、政治家。他忧国忘身，口不言功，平素俭约，居所仅能遮蔽风雨。于谦生活的那个时代，朝政腐败，贪污成风，贿赂公行。当时的社会风气，地方官进城奏议时，都要带很多当地名产作为打点关系乃至献媚取宠的礼物，而于谦进京，总是两手空空。有人就劝他带些山西名产，比如绢帕、线香和蘑菇等，进京后可分送朝臣，于谦甚为不悦，于是写下《入京》这首诗作为回应。作为一代名臣，于谦在政治、军事等多个方面都做出了巨大贡献。

剧情人物

于谦、父亲、妻子、丈夫、徐大人、官兵1、官兵2、蔡大人、徐大人、刘大人

朝代

明朝

《于谦两袖清风》小组彩排花絮

第一幕 幼年立志，为官清廉

（从小，于父就教导于谦要为官廉洁。有一天，于谦和父亲站在家中悬挂的文天祥画像前）

父亲 廷益，这是你祖父所尊敬的著名英雄。如今你登进士第，任御史职，更要为官清廉，服务于百姓。

于谦 是，父亲，我一定谨遵教诲，严于律己。

第二幕 两袖清风，不畏权贵

旁白 明朝正统年间，宦官王振把持朝政，朝廷上下乌烟瘴气。地方上的官员进京，都必须向王振等人奉上厚礼。

（午饭时刻，夫妻俩准备吃饭……）

妻子 孩儿他爹，家里的存粮又快没有了。

丈夫 现如今正处战乱之时，多事之秋，粮食本就少，官员又……唉！

妻子 今天就简单对付一下吧。

丈夫 嗯，我再去想想办法。

（突然，一队全副武装的官兵冲了进来，一进来就凶神恶煞地将夫妻俩包围）

官兵1 官府收税，快点将钱财交出来，否则要你们好看。

妻子 （瑟瑟发抖，躲到丈夫后面）官人，你看这……

丈夫 官爷啊，我们哪还有钱呀，我们连存粮都快没有了。

官兵2 少废话，把值钱的东西交出来。

丈夫 我们真的没有什么值钱的东西了，您就可怜可怜我们吧。

官兵1 那摆在供台上的是什么，把那个东西拿来上缴吧，这次我就放过你们。

丈夫 不行啊不行啊，这是我们家世世代代留传下来的东西呀，先父要我好好保管的。

（为首的官兵也不和男人纠缠，直接踢开男人，上前拿了东西，扬长而去。

夫妻俩抱在一起，互相安慰着，愤恨地望着离开的一队官兵）

（腐败的风气让百姓们苦不堪言，而回到府上，官兵却……）

官兵2　（鞠躬，双手奉上）大人，这是百姓们孝敬您的。

徐大人　（接过来看了看，露出满意的神色）算他们识相。（在手里把玩两下，回头看官兵）做得很好，下去领赏吧！

官兵2　（点头哈腰）谢谢大人。

（一众官员带着从平民百姓家中搜刮而来的宝贝们，来到京城，面见王振）

蔡大人　徐大人，近来可还安好啊？听说大人最近得了个好物件儿，王大人见了一定喜欢得很呐。

徐大人　那是那是，这献给王大人的可马虎不得啊。听闻蔡大人你近来得了几匹上好的丝绸，想必……（两人相视一笑，一切尽在不言中）

（于谦振了振袖子，徐大人和蔡大人看向于谦）

蔡大人　（跟徐大人耳语，偷偷议论）这于谦来见王大人，两手空空，还真是寒碜！

徐大人　谁说不是呢！

刘大人　（无意听见蔡、徐私语，为于谦感到担忧，走到于谦身边小声提醒于谦）你虽然不献金宝攀求权贵，也应该带一些土特产，比如线香、蘑菇、手帕等物呀！

于谦　（抖了抖自己破旧的衣袖，神秘地说道）您有所不知，我也是有备而来的。

刘大人　哦，您准备了什么呢？

于谦　（潇洒地甩了甩他的衣袖，风趣地说）这两袖中，自有清风。

（于谦回到家中，提笔写诗，同时嘴中念道：绢帕蘑菇与线香，本资民用反为殃。清风两袖朝天去，免得闾阎话短长）

士君子持身不可轻，轻则物能挠我，而无悠闲镇定之趣。

—— 洪应明《菜根谭》

意义：君子处世待人不可以轻浮，轻浮就会使自己受到困扰，这样便会丧失那份悠闲与宁静。

创作来源　　《石灰吟》《入京》

石灰吟

[明] 于谦

千锤万凿出深山，烈火焚烧若等闲。

粉骨碎身浑不怕，要留清白在人间。

译文

　　石灰石只有经过千万次锤打才能从深山里开采出来，它把熊熊烈火的焚烧当作很平常的一件事。即使粉身碎骨也毫不惧怕，只要把高尚的气节留在人世间。

入京

〔明〕于谦

绢帕蘑菇与线香，本资民用反为殃。

清风两袖朝天去，免得闾阎话短长。

译文

　　绢帕、蘑菇、线香等土特产，本来就是百姓自己辛劳所得，理应留为己用，但却遭到官员掠夺，导致百姓如今生活在水深火热之中，苦不堪言。我两手空空进京去见皇上，免得被百姓闲话短长。

创 作 感 想

在西子湖畔，一直长眠着两位著名将领，一位是宋代的岳飞，一位是明代的于谦。于谦的于忠肃公祠和岳飞的岳王庙相去不远，在杭州求学的我们，想必都去过。于谦祠内前殿"百世一人"的匾额，是对于谦一生功绩的高度评价，也让后来人深深震撼。他一生清廉正直，为守护黎民、保卫国家付出了自己的全部心血，留给家人的，也只有两袖清风而已。据《明史·于谦传》记载：于谦日常生活非常简朴，居住的房子仅够遮挡风雨。土木堡之变后，于谦更加勤勉为国，经常就住在当值的寓所内，极少回家。后来，皇帝见他一心为公，不为家人置办任何家产，就专门赐给他一套西华门的府第。于谦坚决推辞说，国家境遇艰难，他怎么敢自己安居呢？然而，皇帝还是硬把府第赐给了他。于谦没有办法，就把历年所得的玺书、袍服、银锭之类的，逐一写上说明，封存在府第的正室之中，每年只象征性地过去看一眼，然后依旧住在当值的寓所内。京师保卫战中，于谦功劳最大，但他从不居功自傲，所得的赏赐能推就推。有人推荐于谦的儿子于冕担任朝廷要职，他却坚决反对，绝不让儿子滥领功劳。于谦被诬陷杀害后，朝廷派人查抄他的家产，负责查抄的人惊奇地发现，这位曾经备受皇帝倚重的兵部尚书，家里竟然没有一点多余的钱财。

对比物质生活无比富足的今天，我们能否坚守初心、抵御诱惑，能否坚持为人处世的道德操守、朴素正派的铮铮风骨，一心为民，清廉为政，两袖清风？这值得我们所有的党员和领导干部深思。

陈三两爬堂

单怡纯

剧情梗概

　　明正德年间，山东青州进士李九经，携眷进京，以倾家之银贿赂刘瑾以求得官职。刘瑾得银后将官卖给别人，九经夫妇气死于报恩寺内。其女素萍卖身葬父，余银交寺僧，供弟凤鸣读书。素萍沦落妓院，但她卖文不卖身，每文银三两，得名陈三两。一日，陈三两偶遇卖油童陈奎，收其为弟，留其在院中读书。后陈奎进京得中，老鸨惧怕陈奎势力，暗将陈三两卖予珠宝商张子春。张携陈三两回郡县，路经沧州时，陈三两拒不随行。张贿赂州官魏明逼陈三两屈从。拷问之下，陈三两发现州官乃其胞弟凤鸣，凤鸣亦悔之不及。恰遇陈奎出京巡察路过沧州，解救了陈三两，陈三两义责凤鸣，姐弟终得团圆。

剧情人物

陈三两、李凤鸣（知州）、陈奎、张子春（珠宝商）、老鸨、衙役1、衙役2、主簿（朗诵）

朝代

明朝

人物关系图

《陈三两爬堂》小组彩排花絮

旁白 陈三两父母被贪官陷害，故教导弟弟一定要好好读书以求功名。为了安葬父母，委身青楼卖字画为生。李凤鸣，陈三两的亲弟，背起行囊进京赶考，但路途遥远消息闭塞，与姐姐失联，并在世俗中丢失了纯良之心。

陈奎，陈三两的养弟。同样进京赶考，与陈三两相依为命。

（珠宝商纠缠陈三两，陈三两拼死不从，此事即将闹到衙门……）

第一幕 张子春强抢陈三两

旁白 珠宝商人张子春对富春院的当红歌女陈三两一见钟情，他虽然年纪老迈，但仗着家缠万贯，便与富春院老鸨交易，欲以重金赎买陈三两为妾。

陈三两 你想干吗?！（门外传声进来，张子春等两人一前一后进来）别……别过来，别过来。（说着，陈三两想起了头上的簪子）

张子春 你要是跟了我，我可以给你挡风遮雨，陪你月下共饮三百杯。（凑近）我这是好心肠想救你啊，你说是不是？

陈三两 （拔出簪子来）你再敢上前一步，我……我就要了你的命！

张子春 （摆手，吃惊状）哎哎，别这样，有话好说，有话好说。

旁白 张子春想不到这陈三两竟是朵带刺的玫瑰。

张子春 我就不信收拾不了你！（凶狠状）你可给我记好了，这世间的事早就由不得你自己决定！我们明日再见，走着瞧！（扬长而去）

旁白 陈三两誓死不从，她深深感到自己身世贫苦，红颜薄命，痛不欲生。

陈三两 素玉寄流水，安得长相亲；浮萍寄清水，随风东西流。（哭泣状）我本名素萍，迫于生计，这八年都屈身在此做歌女，现在却又要被卖给那珠宝商，父母本已蒙受天大委屈，他们九泉之下，定是难以瞑目啊！（呜呜呜地哭着）

旁白 这张子春早知道这富春院老鸨嗜财如命，甚是了解官衙里的内幕，于是便登门拜访老鸨，求他向知州行贿，以威胁陈三两。

张子春　（打躬作揖）今儿的天可真不错啊！

老鸨　（摇折扇，"啪"地一下合上）无事不登三宝殿，看你这模样，必是有事相求吧！

张子春　您看这真金白银，鄙人早已与您约定娶这歌女陈三两，可那女人宁死不从，老鸨可否到官衙出面帮个忙呢？

老鸨　（笑了笑，一拍大腿站起来）好说，好说，待我去衙门里知会一声，保证如您心愿，成一桩好事。

李凤鸣　（摇头吟诗）真假总难辨，善恶各有报。所以世间万象变，唯有利最高。史官备纸砚。（拍桌）上堂！

老鸨　（作揖）参见老爷！

李凤鸣　（严肃状）你来此何事！

老鸨　昨晚我的店里来了一贵客，不由分说就和店里的歌女争吵起来。是我上前过问，男的说我们这歌女早立好状，要卖身给他，但歌女又反悔，于是又哭又闹，我也劝不动她。小人万般无奈，于是来求见老爷。老爷！这状纸之内有身契，这身契之中嘛，老爷，您一看就明白了！

李凤鸣　（挥手）呈上来！（定睛看）沧州富春院，烟花歌女陈氏三两，卖与张子春为妾。这婚书之上，一无红笔圈点，二无官凭印玺，这可做什么证据！

旁白　只见这李凤鸣心里打着小九九，明面上微皱眉头，内心窃喜不已。

老鸨　（呈上银两）大人请看。

李凤鸣　你送来纹银二百两，想要本官在这契上盖上一印，这可绰

绰有余。哎，一家愿买，一家愿卖，老爷我也算不上贪赃

枉法。（大手一挥，盖印）

老鸨 如那女子再不跟老客走，如何是好啊？

李凤鸣 待我想想，明日堂上我自有打算，退堂。

衙役1 威武!

衙役2 威武!

第二幕 李凤鸣贪赃受贿

旁白 次日，上堂在即，李凤鸣刚要走入衙门，就被一个人拉到了

一边，李凤鸣仔细一看，发现此人正是富商张子春，只见张

子春神神秘秘地拿出了一个盒子。

张子春 大人留步，请看。（满脸堆笑，打开盒子）

李凤鸣 （笑）别担心，这案子定会顺你心意。

张子春 那我就放心了。

李凤鸣 快来人! 将那歌女陈三两带上来!

衙役1、2 是!

陈三两 三班衙役喊连声，怎不叫人心内惊! 衙门好比鬼门关，

大堂好比剥皮厅。可怜我，青楼苦命女，今日落得虎

口中!

衙役1 快走! 别废话!

衙役2 大人，陈三两已带到。

李凤鸣 你可是歌女陈三两吗？

陈三两 正是！

李凤鸣 你可知这卖身契？白纸黑字，立字为据，你已卖身给这珠宝商，就该随他一同回去，又为何在我沧州地界争吵？

陈三两 小女从未盖这印玺，又何来铁证一说？老爷请听我细细道来啊——

李凤鸣 快讲！

陈三两 老爷！你听三两诉诉苦因。我自从进了富春院，日日夜夜读诗文，学会了李杜名诗三百首，又学会琴棋书画，尤其是精通书法，却可恨这珠宝商硬是要买我。

李凤鸣 老爷我能与你做媒不成？

陈三两 常言道，人往高处走，水往低处流，小女子不幸落入烟花院中，就指望着有朝一日能脱身。如今，那老客好比风前之烛，瓦上之霜……可惜了我这一手好字，没能有个好主啊！（展示书卷）

李凤鸣 （吃惊状）这，这字！这难道是！（接过书卷）

旁白 李凤鸣心惊，他认得这是自己亲姐的手笔，他没想到姐姐已是这副模样，不禁惦记起姐姐的处境。怎奈收了钱财，也是爱莫能助。

李凤鸣 姐……不，陈三两，你随那老客前去，对你有大大的好处哇。

陈三两 有何好处？

李凤鸣 他是个贩珠宝的客商，家有吃不完的珍馐美味，穿不完的绫罗绸缎，你到他家有享不完的荣华，受不尽的富贵啊！

陈三两 小女子情愿回富春院继续沦落，也不愿丢脸丧廉耻地随那老客离开。

李凤鸣 大胆！若再强舌狡辩，小心我对你上大刑！

陈三两 老爷，你三番五次逼我随那老客前去，莫非你收了那人的好处不成？

李凤鸣 （恼羞成怒，站起来）你！你居然说本官收受贿赂行事！来人！给我拖下去！重刑处置！

衙役1、2 是！

陈三两 （被衙役拖出去）你这狗官贪赃受贿！你还不如抢钱害命的强盗！奎儿啊！你可要为姐姐做主！

李凤鸣 退堂！

（李凤鸣嘴里念叨：唉，这世间的事本由不得你做主啊！）

第三幕 陈奎整治官场，清廉为官

（衙役押着陈三两上刑场，李凤鸣随其后）

陈三两 放开我！你们这些狗官员，定要你们好看！

衙役2 （慌张状）报报报，报告老爷！巡抚陈大人已到，十里亭前下马，命大人速去接驾。

陈三两 奎儿？我弟弟来了！你贪赃枉法罪难逃,（心情舒展,愤恨道）你们就等着吧,你们为非作歹的日子可到头了！

李凤鸣 陈大人？巡抚陈奎竟是你弟弟？（小声,面对观众）这可如何是好！

衙役 2 来来来不及了老爷,陈大人已到——

李凤鸣 （作揖）敢问陈大人亲临至此,所为何事？

陈奎 哼,所为何事？早在城外听闻你在沧州贪赃枉法风气太重,今不辞辛劳远道而来就是为此,没想到却撞见我可怜的姐姐被你冤枉,（面向姐姐）这是弟弟的过错啊！

（陈奎叩拜,李凤鸣和衙役跟着一起）

陈三两 小弟陈奎,可是当年的陈奎？还是今日的陈奎？

陈奎 姐姐这是何意啊？

陈三两 要是当年的陈奎,为姐就受得起你这一拜,要是今日的陈奎,为姐就受不起你这一拜了。我们这姐弟情深是否因为时间和身份变味了？

陈奎 小弟是当年的陈奎。

陈三两 贤弟,无需多礼,请起叙谈。

陈奎 （愤怒状）狗官李凤鸣,你可知罪？

众衙役 威武！

李凤鸣 （方言）姐姐,姐姐,饶命啊！

陈三两 （吃惊状）你叫我什么？姐姐？

李凤鸣 你不记得了吗,姐姐？我可是你那小弟凤鸣,失散分别十年久,你也想不起来我模样了。可怜我一时做错事,姐姐你就饶我这条狗命吧。（跪着求饶）

陈三两 你是凤鸣？你竟是凤鸣！你怎么变成现在这副德行？

李凤鸣 （望姐姐）看在爹娘的份上，留我一命吧，我的好姐姐啊——

陈奎 你虽是我姐姐的胞弟，但你竟敢贪污把法卖，贪图银两害百姓，来人！

李凤鸣 大人！饶命！饶命！

陈奎 如今饶你不死，革去官职，赃银充公，留在察院听用去。

李凤鸣 谢大人！我以后一定好好做人，清白做官，再也不贪赃枉法了！

主簿 （面向观众）至此，三庭三审，沧州歌女陈三两含冤被卖一事就此结案。好个官场浮沉利欲熏心，红尘滚滚，初心莫辨。且听主簿评此事，终是清廉二字常在人心。唏嘘！

　　　　贪官沉浮怎能忘，反面教员罪恶彰。

　　　　迷恋色财法难忍，舔沾贿赂锁银铛。

　　　　一身正气豪情壮，两袖清风意志昂。

　　　　秉公勤政讲奉献，为国报效美名扬。

创作来源　晋剧《陈三两爬堂》

创作感想

　　我们选取晋剧《陈三两爬堂》为素材，经过讨论，对剧情进行了删减和改编，使剧情人物关系更清晰、情节更生动，也更能凸显我们的廉洁主题。该剧中，我们始终紧紧围绕陈三两的故事展开，并让陈三两的坚贞不屈与张子春的仗势欺人形成鲜明对比。第一幕主要讲述当红歌女陈三两被年迈的珠宝商人张子春看上,欲纳其为小妾,但陈三两宁死不从,张子春企图通过贿赂贪官李凤鸣,让陈三两被迫卖身的故事,生动地向观众展现了陈三两身世悲凉、知书达理、历尽风霜、不惊不怕的坚贞形象。第二幕讲述的是第二次上堂的经过,可谓将贪污受贿的腐败行为表现到了极致。陈三两在权势面前,仍毫不畏惧,依然保持高洁之气。第三幕讲述贪官李凤鸣最终被绳之以法,体现出正义必将战胜邪恶的真理。两个弟弟同时出现在朝堂上是本故事的高潮,也让陈三两胞弟李凤鸣违背道义、藐视王法的丑恶嘴脸与养弟陈奎的公道正派形成鲜明对比。剧情中人物关系与人情世故的跌宕起伏,在传达主旨的同时让故事情节与人物形象更加饱满。剧情层层推进渐至高潮,最终姐弟相认,贪官被绳之以法。

陈三两爬堂的故事情感表现、语言表达、人物塑造、结构设计都蕴含着强烈的审美色彩,这与中国传统戏曲的美学理念是一致的。我们在展示与设计中,也巧妙地融入了部分方言,想让故事的表达变得更加生动。最后,由"主簿"从戏中走出,作为记录者和讲述者总结本剧,并朗诵诗歌切题切意、升华主题,让人们在欣赏戏曲艺术的同时,得到启发和思考。

八都坊里访廉臣

朱燕燕

剧情梗概

　　该剧以明万历年间"三大征""三饷征"历史事件为背景，围绕右副都御史董汉儒临危请命，前往湘广筹集粮饷，与权贵进行斗争的故事展开。他的恩师申时行曾叮嘱他"不近悬崖，不树易帜"。他坚守初心，固守为民担当、刚正不阿的精神，牢记老家澶渊名阀坊上"不贪声色财物，不畏强权豪族，不耻亲民为仆，不许怠惰贪渎"的"四不"铭训。面对福王的围困，董汉儒不畏权势，最终筹齐粮饷，顺利解决危机。

剧情人物
老更夫、小更夫、董汉儒、福王、陈奉、太监

朝代
明朝

《八都坊里访廉臣》小组彩排花絮

第一幕　老少对话

老更夫	八都坊，坊八都。
小更夫	此坊原不叫八都。
老更夫	它原本叫做澶渊名阀坊，改为八都有典故，要问其中啥典故……
小更夫	啥典故？
老更夫	你先读上边四个"不"。
小更夫	师傅，要说这四个"不"，那我清楚。

第一不，不贪声色财物；

第二不，不畏强权豪族；

第三不，不耻亲民为仆；

第四不，不许怠惰贪渎。

老更夫	读完了，咱开州董汉儒就是这"四不"好官。
小更夫	今晚要演的就是"董汉儒湖广筹三饷"的故事。
老更夫	魂系濮阳，不不不，魂系澶渊八都坊。

第二幕　汉儒会见福王

| 旁白 | 万历年间，日本入侵朝鲜，并伺机图谋大明江山。朝廷出兵援朝，董汉儒主动请命到湖广筹措粮饷，却遭到福王百般 |

阻挠。福王朱常洵是万历皇帝第三个儿子，万历皇帝对其十分疼爱。在赏赐大量金银财宝的同时，还给了他山东、湖广部分良田。由于军情紧急，董汉儒决定破釜沉舟，到福王府死谏。

（王府门前）

董汉儒 右副都御史董汉儒求见福王，右副都御史董汉儒求见福王！（声音更加高亢）

陈奉 哟，董大人，敬酒不吃吃罚酒，处处与福王作对，这是做臣子的本分吗？福王是不会见你的。

董汉儒 本分？呵，汉儒只知清廉一世，造福百姓，就是做臣子最大的本分。

陈奉 你——你，冥顽不化。（拂袖而去）

（王府内）

福王 听说董汉儒那个傻小子要见我。

陈奉 回王爷的话，确有此事，不过奴才奉劝过董大人，谁知他——

福王 哼，就凭他，想和我作对，不自量力。

旁白 服侍福王的太监陈奉，兼任矿监税使，他依仗福王权势，伙同干儿子耿文登等一帮恶势力，嚣张跋扈，欺压百姓，作恶多端，百姓敢怒不敢言。

（王府内）

（董汉儒提剑进入王府）

福王 你——你想干什么，想造反吗？

董汉儒 我要向福王借个人头。

福王 （小心翼翼，将剑推向一边，颤抖地说）你要借——谁？

（不做声，剑光一闪，福王身边的太监立马倒地）

福王 （吓一跳，虚惊一场，略带恳求）现在——你满意了吧，可以去招抚乱民了吧？

董汉儒 （向福王伸出两根手指）我有两个要求：第一，停止圈地，将土地归还给百姓。第二，花二百万两白银购买粮草支援前线。只要你同意这两个要求，我自会去安抚百姓。

福王 （愤恨而又无奈的眼神）董汉儒，算你狠。

旁白 八都坊，因廉洁而兴，也以廉洁传于后世，四个不，弘扬正气，传至百代千秋，八都坊的故事，仍在继续……

小更夫 天干物燥，小心火烛。

小更夫 师傅，董御史后来怎么样了？

老更夫 你看，你听——"奉天承运皇帝，诏曰：左都御史董汉儒，忠于朝廷，心系百姓。勇于任事，练达赤诚。澶渊旧郡，物华天宝，人杰地灵。士子为官，清廉勤政，廉吏名宦，史册留名。仅我大明一朝，澶渊更出现了以董汉儒为首之八位都御史而名动朝野，故恩赐将澶渊名阀坊易名为八都坊，钦此。"

创作来源 **豫剧《八都坊》**

创 作 感 想

　　董汉儒，开州（今河南濮阳）人，明朝著名将领。董汉儒作为一代廉臣，"不贪声色财务，不畏强权豪族，不耻亲民为仆，不许怠惰贪渎"，这是董汉儒为官的信条，也是他人生的座右铭。他担任户部主事时，建议减织造、裁冒滥，切中时弊。任兵部尚书时，他建议逮治降将刘世勋等二十九人家属，诛杀逃兵。无论官至何位，也不论何时何地，他皆能慎终如初，坚守"四不"。他忠贞傲放、勤政惠民、刚正不阿、敢作敢为，与贪官污吏做斗争，肃贪倡廉，展示了亲民爱民、敢于担当、心系百姓的廉吏形象。从他身上，我们感受到的不仅是忠君爱国的品质，更是始终不忘为民初心、为民谋幸福的高尚情操。他被称为开州"八都"之一，也为后人树立了忠君爱民、直言不讳、刚正不阿的清官廉吏形象。

四菜一汤，万古名扬

张珊珊

剧情梗概

明太祖朱元璋，字国瑞，明朝开国皇帝，年号"洪武"。明朝初期，经过连年征战，国家百废待兴。面对民生凋敝的状况，明太祖朱元璋定都南京后，以身作则，力行节俭，禁止一切奢华。饮食上亦是如此，朴素至极，不过是家常菜肴，并无珍馐美馔。但一些功臣却穷奢极欲，过着花天酒地的生活，百官中浮现着一股骄纵之气。朱元璋农民出身，痛恨贪官，深知百姓疾苦，于是决心在为马皇后操办生日宴时整治这股奢侈风气。经由四菜一汤的上场与警示，给奢靡的大臣来个下马威，展现朱元璋的雷厉风行及廉洁之意。也经由一对平民夫妇前后生活的对比变化，展现这一举动的高明智慧。

剧情人物

朱元璋、马皇后、丈夫、妻子、大臣、朱涛、众大臣、拱卫司、刘伯温、徐达

朝代

明朝

旁白 明朝初期，经过连年征战，国家尚未完全统一，百废待兴。面对民生凋敝的状况，明太祖朱元璋定都南京后，以身作则，力行节俭，禁止一切奢华。饮食上亦是如此，朴素至极，谢绝珍馐美馔。但一些功臣穷奢极欲，过着花天酒地的生活，百官中浮现着一股骄纵之气。朱元璋农民出身，痛恨贪

官，深知百姓疾苦，于是下决心借马皇后生日宴整治这股奢

侈风气……

第一幕　百姓生活朴素勤俭

（午饭时刻，夫妻俩准备午饭）

妻子　孩儿他爹，中午吃甚？我好准备。

丈夫　征战之后又到农忙时节，你我皆有些劳累了，一切从简吧。

妻子　这不是想换些肉来，炒几个好菜下酒犒劳夫君吗。

丈夫　如今圣上每日定例进二餐，食物也尽量精简，我们也当节俭些。

妻子　（觉得无奈，但还是微笑着接受）应当如此。

丈夫　（温柔地搭着夫人的肩膀）我们的生活会越来越好的。

妻子　嗯。

第二幕　大臣穷奢极欲

旁白　朱涛（朱元璋本家侄子）生活奢靡，得知圣上准备在皇宫设宴，

君臣同贺皇后寿诞，欢欣不已，打算筹备丰厚贺礼……

朱涛在家中宴请大臣，只见他衣着均用金线和宝石点缀，丰盛美食摆满酒桌。

朱涛 快尝尝这生鱼片，甚是鲜美。

大臣 好好好！看着便知是美味佳肴。

（朱涛抚掌哈哈大笑）

大臣 这皇后诞辰之礼，您可有想法？

朱涛 我近来了解到一些时玩，嘿嘿。

（两人相视一笑）

第三幕 朱元璋设宴

旁白 公元 1372 年的一天，恰好是马皇后四十岁生日，朱元璋在宫中宴请文武百官。

（朱元璋、马皇后一起走至坐席前，大臣们站立等候）

朱元璋 今日是皇后的生辰，各位爱卿莫要过于拘谨啊。

众大臣 （行礼）贺皇后娘娘千岁之寿。

（马皇后与朱元璋相视一笑）

朱元璋 众爱卿平身，都入座吧！

马皇后 既然都到齐了，就开始上菜吧。

（宫女上菜）

（上菜开始，众臣看到菜品，有的迷惑不解，有的莫名慌张，小声议论）

马皇后 第一道菜是炒萝卜，这白萝卜是上品良药，可谓"萝卜上了街，药店无买卖"。

马皇后 这第二道菜是炒韭菜，韭菜青又青，长治久安定人心。

马皇后 这第三道菜是两碗青菜，两碗青菜一样香，两袖清风喜洋洋。

马皇后 这第四道菜是葱花豆腐汤，这道菜，不如就请陛下来说说吧。

（马皇后解说时，朱元璋观察众臣脸色，点头肯定）

朱元璋 这第四道菜啊，简单来说就是，小葱豆腐青又白，公正廉洁如日月。

（众臣脸色煞白）

朱元璋 （目光转移向满桌的贺礼，脸色陡然一沉）朱涛！

朱涛 （起身，慌忙跪下）臣在。

朱元璋 爱卿今日送了什么贺礼？

朱涛 （惊吓）臣……翠珠二领，玉镯一双，金佛八座……

朱元璋 （呵斥）你一年才多少俸银，如何买得起这么贵重之物！来人！

拱卫司 属下在。

朱元璋 把朱涛给我拿下！

拱卫司 是。

（众大臣一片哗然，直冒冷汗）

朱元璋 （见目的达成，缓和语气）你们的事朕今天就不追究了，这些贺礼就当赈济灾民之用。今日是皇后的生辰，节俭理应从朕做起，从小事做起。以后不管什么宴席，菜品只能是四菜一汤，若有违令者，严惩不贷！

众大臣 遵旨！

朱元璋 开始用膳吧。

（众臣唯唯诺诺）

（宴会结束，刘伯温遇到徐达）

徐达 今日之事，伯温你怎么看？

刘伯温 今日这顿宴席不仅仅是给皇后娘娘祝寿，更是圣上在考验我们的作为和忠心。如今天下太平，官吏却贪图享乐。这几道菜，以及对亲侄的严厉惩罚，分明就是在暗示我们。

徐达 看来，不改变这种贪污奢靡的风气，恐怕性命难保啊！

第四幕 全员朗诵

廉洁，心中飘扬的旗帜，

是一个政党坚定如磐石的伟大信仰；

是一个国家繁荣公平的正义之歌；

是一条铺满艰辛荆棘的反腐之路。

我们的祖国啊，

因为廉洁才劈风斩浪；

因为廉洁才祥云飘飞；

因为廉洁才正气横溢；

因为廉洁才清风荡漾。

创作来源 民间歌谣《凤阳四菜一汤》

凤阳四菜一汤

皇帝请客，四菜一汤，萝卜韭菜，着实甜香；小葱豆腐，意义深长，一清二白，贪官心慌。

译文

皇帝请大臣吃饭，供应四菜一汤，萝卜和韭菜确实很甜很香；小葱和豆腐，这些菜品设置都是有深远的意义的，实乃借菜名弘扬廉洁之风。

创作感想

我们想在轻松诙谐的氛围中，弘扬廉洁文化和廉洁精神。在资料搜集的过程中，敲定了朱元璋这一主角，后又根据组员的气质条件进行角色选择，以展现不同人物的魅力。通过一波三折的情节设计，着重展示七百多年前，明代皇帝朱元璋为了整治奢靡之风，首倡"四菜一汤"并带头执行的节俭风范。"四菜一汤"的故事就这样流传了下来。中华人民共和国成立后，由周恩来总理敲定"四菜一汤"作为公务接待，特别是国宴的标准。虽然，随着时代的更迭，"四菜一汤"的菜式已发生了变化，但我们相信其中蕴含的"浪费可耻、节约为荣"的生活理念、朴素清廉的工作作风永远不会改变，正如朱元璋亲口夸赞的那样——"萝卜上了街，药店无买卖；韭菜青又青，长治久安定人心；两碗青菜一样香，两袖清风喜洋洋；小葱豆腐青又白，公正廉洁如日月"。

郑板桥开仓放粮　　黄琪惠

剧情梗概

郑板桥，原名郑燮（xiè），人称板桥先生，清代书画家、文学家。郑板桥一生只画兰、竹、石，自称"四时不谢之兰，百节长青之竹，万古不败之石，千秋不变之人"。其诗书画，世称"三绝"，是清代比较有代表性的文人画家。郑板桥调任潍县为官时，恰逢荒年，他开仓放粮赈济灾民，有人阻止，但他将百姓置于首位，坚持开仓放粮，上万百姓才得以活命。

剧情人物

郑板桥、随从1、随从2、随从3、小孩

朝代

清朝

第一幕　幼儿丧母

旁白　潍县因洪灾而发生饥荒。

（郑板桥边走边叹气）

小孩　（哭）娘，娘，你怎么就这样丢下我了。娘，你睁眼看看我啊，娘。娘，你不能死啊！你不能死啊！娘，娘，你怎么忍心丢下我一个人啊！

随从1 大人。

郑板桥 这孩子以后怎么办？

随从1 唉，按照他母亲的遗愿，孩子要去找他的舅舅。可是，他舅母不待见这个可怜的孩子。

郑板桥 放心吧，我会亲自带他去的。去他舅舅家，应该不会受欺负。

（掏出钱袋）

随从1 （点头）是。

郑板桥 拿着，先帮助料理好他母亲的后事。

随从1 （点头）遵命！

第二幕　开仓放粮

旁白 郑板桥力排众议，开仓放粮。

随从2 大人，开仓放粮不是开玩笑的事情，您得想清楚啊！

郑板桥 我没有什么可想清楚的，开仓放粮，立刻！绝对不能再让百姓挨饿！

随从3 大人，圣旨未到，您擅自开仓放粮，这是杀头之罪啊，万万使不得呀！大人，您要冷静些，开仓放粮可是大事情，还是等到圣旨到后，再做决定吧！

随从2 您不能因为李俊（大臣）的一句话就做出这样的决定，要三思啊！

郑板桥 我不是因为谁说的一句话草率决定，我又何尝不知开仓放粮的后果呢，但是到现在，潍县已经到了山穷水尽的地步，我再等圣旨到就来不及了，我不能再眼睁睁地看着百姓忍饥挨饿，我意已决，谁也别拦着我，若皇上降罪下来，我郑板桥一人承担！

随从2、3 您再想想！（阻拦着走出舞台）

旁白 在郑板桥的再三坚持下，大臣们不得不按命行事，开仓放粮，上万百姓因此得以活命。百姓们感恩戴德，称他清正廉明，爱民如子，一时传为佳话。当他离开潍县时，城内外万人空巷，"百姓痛苦遮留，家家画像以祀"。

《郑板桥开仓放粮》小组彩排花絮

创作来源　《郑板桥开仓济民》

郑板桥开仓济民（节选自《板桥文集》）

郑燮，号板桥，清乾隆元年进士，以画竹、兰为长。曾任范县令，爱民如子。室无贿赂，案无留牍。公之余辄与文士畅饮咏诗，至有忘其为长吏者。迁潍县，值岁荒，人相食，燮开仓赈济。或阻之，燮曰："此何时，若辗转申报，民岂得活乎？上有谴，我任之。"即发谷与民，活万余人。去任之日，父老沿途送之。

译文

郑燮，号板桥，是清朝乾隆元年（1736）的进士，擅长画竹和兰。他曾经在范县担任县令，爱百姓就像爱自己的子女，不受贿赂，案件处理得很快，没有积压。空闲的时间经常和文人们喝酒颂诗，甚至有时都忘了他是当官的人。郑燮后来被调任到潍县做官，此时恰逢荒年，百姓无衣无食，甚至到了人吃人的地步。郑燮见此状，决定打开官仓发放粮食来赈济灾民。有人阻止他，郑燮说："这都什么时候了，如果向上申报，百姓怎能活命？皇上怪罪下来，所有罪名，我一人承担。"于是立即把粮食发放给百姓，上万人得以活命。任命期到的时候，潍县的百姓沿路为他送行。

创作感想

郑板桥曾写过"此人如碧梧翠竹,其志在流水高山""虚心竹有低头叶,傲骨梅无仰面花"等楹联,以物喻人,托物言志。其中"碧梧翠竹"比喻高洁,"流水高山"比喻远志,强调做人要正直,要有节操,不与他人同流合污。同时,竹子内心谦逊才向人虚心低头,梅花高傲不屈从权贵,不仰面拍马逢迎,有着不媚俗而向上的骨气品格。为政期间,郑板桥如同他画的碧梧翠竹和梅花一样,清正廉洁,正直坦荡,对当时官场贪污腐败、尔虞我诈、欺压百姓的行为恨之入骨,深恶痛绝。他无论身处何种境地,都始终怀抱着拳拳为民之心,坚守着正直廉洁的高尚品德。我们从郑板桥的身上看到了古代文人的风骨,看到了清官廉吏的为民情怀,这值得我们当代青年细细品悟和发扬传颂。

从颜真卿的故事品廉洁的含义 颜 丽

剧情梗概

　　颜真卿，字清臣，唐朝名臣、书法家。他出身于琅琊颜氏，于唐玄宗开元二十二年（734）登进士第，历任监察御史、殿中侍御史。后因得罪权臣杨国忠，被贬为平原太守，世称"颜平原"。颜真卿书法精妙，擅长行、楷，与赵孟頫、柳公权、欧阳询并称为"楷书四大家"。又与柳公权并称"颜柳"，被称为"颜筋柳骨"。安史之乱时，颜真卿率义军对抗叛军，一度光复河北，人称"颜鲁公"。颜氏家庙碑的故事，发生在唐朝中晚期。天下战事不断，叛将李希烈攻陷河南，四朝老臣颜真卿被朝廷派遣前去劝服，可刚到敌营便被扣留，囚禁之地的孤柏树上，一条三尺白练在风中摇摇欲坠，而我们的故事，就从这里开始讲起。

剧情人物

颜真卿、唐德宗、卢杞、李希烈、仆人、同党们、颜泉明、宦官

朝代

唐朝

第一幕　颜真卿受命传旨

旁白　建中四年（783），叛乱的淮西节度使李希烈攻陷汝州。奸相

《从颜真卿的故事品廉洁的含义》小组彩排花絮

卢杞建议派颜真卿前往李希烈军中，传达朝廷旨意，唐德宗李适同意。

颜真卿 陛下，该做的事情一定不能躲。若如陛下的意思，不动一兵一卒就能平息战事。呵，那老臣此行哪怕身死又有何惧呢？

卢杞 唉，你何至于身死吗？他李希烈不过一年轻悍将。若颜太师这样名震海内的重臣，能为其讲清顺逆福祸，此人定能悔过。

颜真卿 卢相，你倒知道的很多呀。

卢杞 颜氏一族向来忠诚于朝廷，救国于危难，除了您谁还能担此重任？

唐德宗 故而两年前朕刚登基，便准太师立家庙。

卢杞 是啊，当朝只颜太师一人得此荣耀啊！陛下。

旁白 朝臣们纷纷要求留下颜真卿，河南尹郑叔则也劝颜真卿不要去。但颜真卿很坚决。

颜真卿 陛下的心意，老臣心领了。为国为民，在所不辞。

《从颜真卿的故事品廉洁的含义》小组彩排花絮

第二幕 蔡州龙兴寺：李希烈囚禁颜真卿

旁白 颜真卿到后，李希烈想给他一个下马威。见面时，李希烈让自己的部将和养子一千多人都聚集在厅堂内外。颜真卿刚开始宣读圣旨,那些人就冲上来,手里拿着明晃晃的尖刀,围住他又是谩骂,又是威胁。颜真卿毫不畏惧、面不改色。

李希烈 太师,多日未见还是那么威风,佩服。这酒啊,特别醇厚。

(仆人献酒,颜真卿拿起酒杯)

颜真卿 南平郡王,你对我颜某人如此款待,甚是荣幸!

李希烈 哈哈!太师言重了。

(颜真卿举起酒杯喝酒)

颜真卿 太淡了,酒曲不纯,酿出的酒也差点意思。

李希烈 (对仆人)下去吧。

仆人 是。陛下。

颜真卿 陛下?小心你的舌头啊。我告诉你当今皇帝只有一个人。

(李希烈摆手,仆人退下)

李希烈 我对太师虽然有些不敬,却试出了太师的风骨。我啊,就更替太师不值了。当初卢贼出的这个坏主意,世人都看得出来,我就不相信太师糊涂。

颜真卿 糊涂?老夫该做的事情不会躲。

李希烈 那皇帝就是兔死狗烹。当年他削藩,我搏命立功,他转身就要杀我,我岂能坐以待毙。

颜真卿 哼,你妄图拥兵割据一方,你的野心,你以为谁看不出来呀?

李希烈 像我这种人这辈子没有办法选择出身,只有拼命。

颜真卿 拼你自个儿的命,哈,老夫佩服。那你何必苟且地联合他人,弄什么"五王"?真是可笑啊。

《从颜真卿的故事品廉洁的含义》小组彩排花絮

李希烈 哈，太师的这等胸襟鄙人见识了。可你们颜家人又是拿什么换的？掉了多少脑袋，流了多少血？你就不想他们吗？

第三幕 回忆：二十七年前安史之乱

（时光倒回到二十七年前）

颜泉明 叔父。

颜真卿 怎么就一口棺材？

颜泉明 叔父，家弟季明只找到了一个头颅。

颜真卿 杲卿呢？

颜泉明 我阿爹他只剩几块尸骨。

颜真卿 那其他人的尸骨呢？

颜泉明 大多都不见了。

颜真卿 我颜氏家族三十多口就这么一下子就没了。全没了。泉明，给我点酒。

（颜泉明倒酒，颜真卿悲伤地喝起酒来）

颜真卿 这第一杯酒，我真卿自罚，我让弟兄们久等了。这第二杯酒，杲卿家兄，我，敬你了，那个逆贼安禄山让他的儿子给毒杀了，呵，家风不正，罪有应得，该！这第三杯酒，祭我的小侄子。

（颜真卿忍住悲愤，诗兴大发，研墨写文）

颜真卿 来！

（颜真卿写下"父陷子死，巢倾卵覆。天不悔祸，谁为荼毒？"）

第四幕 蔡州龙兴寺：李希烈囚禁颜真卿

旁白 （时光又流转回来）李希烈逼颜真卿写信给朝廷，来洗刷自己的罪行。颜真卿不听，李希烈就借颜真卿的名义派颜真卿的侄子颜岘与几个随从到朝廷继续请求，朝廷依旧没有答复。李希烈派李元平劝说颜真卿，颜真卿怒斥李元平。李希烈请来他的同党，设盛会，唤来颜真卿，并指使戏子们借唱戏攻击和侮辱朝廷。颜真卿愤怒地起身拂袖离去。

同党们 很早就听说太师的名望高，品德好。您想当皇帝，太师来了，选人当宰相谁能超过太师？

颜真卿 你们可曾听说颜常山？那是我的兄长，安禄山反叛时，首先率兵抵抗，即使被俘也敢愤然骂叛贼。我已年近八十，官至太师，宁死也要保全我的名节，怎么会屈服于你们的胁迫！

旁白 众人面尽失色。李希烈最终将颜真卿逮捕，用甲士看守着。在庭院中挖了一丈见方的坑，传言要活埋他。恰逢李希烈同伙中的周曾、康秀林想偷袭杀掉李希烈，尊颜真卿为帅，事情泄露，周曾被杀死，李希烈就把颜真卿押送到蔡州的龙兴寺。

李希烈 天不悔祸，谁为荼毒？这是朝廷自致的祸患！你的皇上杀了我阿弟，每夜我都能看到他的脸。你呢，一家三十多口人，他们不来找你吗？

颜真卿 找啊，他们来到老夫的梦里，就是为了在家庙碑前抬头挺胸地告诉老祖宗们，对得起天地，对得起颜氏！

李希烈 颜真卿，那你儿子呢？他才十岁，就被送去当人质，你是真的无情啊。我哭我阿弟，你现在儿子都死了，你哭过吗？

颜真卿 夫生不可不惜，不可苟惜！

李希烈 太师，你是真的英雄，在下自愧不如。您还是当您的颜家人，我呢还是当我的王，可惜我不能放你回去。（拱手作揖）太师，一路走好！

李希烈 （在寺庙中堆起干柴）再不投降，就烧死你！

（颜真卿纵身欲跳入火中，被旁人拉住）

旁白 李希烈的弟弟李希倩因与朱泚叛乱被杀，李希烈因而发怒，派宦官前往蔡州杀害颜真卿。

李希烈 有诏书！

（颜真卿拜了两拜）

宦官 应该赐你死！

颜真卿 老臣没有完成使命，有罪该死，但使者是从哪里来的？

宦官 从大梁来。

颜真卿 原来是叛贼，怎敢称诏？颜某报国捐躯，虽死无憾，我走了无妨！家风不朽，自有后来人！流光盛，庙貌融。永不祧，垂无穷。

旁白 不日，颜真卿缢死于孤柏树下，颜氏家庙碑，字字如堂堂君子，铁骨震世，忠烈之风出于一门，壮哉！

创作来源 《国家宝藏》第三季《颜氏家庙碑》

创作感想

梁老师在课上给出"廉洁"主题的小组作业要求，我们小组联想到此前《国家宝藏》对《颜氏家庙碑》的演绎。基于这个演绎，我们将主题定为《从颜真卿的故事品廉洁的含义》，重新配图配乐，使之适合课前演出。我们熟悉颜真卿的颜体楷书，也听过"颜筋柳骨"一说。但其勤勉忧民的为官之道，以身殉国的忠君爱国之事鲜为人知。颜真卿所属的琅琊颜氏家族自魏晋至唐，为国家忠臣者不在少数。他们个个志行高洁，博学多才，文武兼备，在平时为国之能吏，在危难时则为国之良将。

颜真卿为其父颜惟贞刊立的《颜氏家庙碑》，从碑文的书写内容，我们能了解颜家所坚守的德行；从碑文的书写形式，可见"颜公忠义之节，皎如日月，其为人尊严刚劲，像其笔画"。我们也能从碑文上严整端正的字体窥见颜真卿端庄方正的为人。换言之，颜真卿的人品与书品在本质上是同宗同源的，是交织而生的，符合"书如其人"的艺术特色。从家庙碑上，我们可以看到颜氏家族一脉相承的忠诚廉直、坚贞不屈的家风，以及颜真卿刚正不阿、洁身自好、公正无私的为人为官的品格和操守。可以说，《颜氏家庙碑》是颜氏家族的一座丰碑，是大唐盛世的一座丰碑，也是廉洁文化的一座丰碑。

牙门走苟

周吴悠

剧情梗概

　　清朝乾隆年间，兴化地区有一个豪绅。他不学无术，却偏偏起了一个风雅念头。有一天，他把大画家、大书法家郑板桥请来，要郑板桥在他家门首上写块匾额。郑板桥了解这个豪绅一向巴结官府，坑害百姓，因而对他恨之入骨。于是，他提笔在豪绅的大门上写下了"雅闻起敬"四个大字。写好以后，他又暗地里嘱咐做匾额的漆匠师傅，叫他"起、敬、雅"三个字只漆左边，"闻"字只漆"门"字。漆匠按照郑板桥的意思办了。过了一些日子，"雅闻起敬"四个字中未上油漆的部分经过阳光多次照射，慢慢褪了色，只剩下"牙门走苟"（衙门走狗）四个字。郑板桥巧妙地利用汉字偏旁部首组合方式的多样性，以及多音字的偶合性来题写门匾，讽刺了权贵，留下了一段趣闻佳话。

剧情人物

郑燮、财主

朝代

清朝

旁白　县里某豪绅平日里巴结官府，干尽了坏事，聚敛了不少钱财。

财主　郑县令，我最近做了点生意赚了点小钱。

　　　　（郑燮故意不理会他）

财主　——哈哈，没事，近日我把院子里的书房翻修了一下。听闻郑县令书法了得，这不就想请郑县令给题一块门匾。您看，能否赏个脸呢？

（郑燮不动声色，默默喝茶）

财主 那我就当您同意了，您说写哪四个字比较好？

郑燮 不如就写"雅闻起敬"四个字吧。不过，我还有个要求，"雅起敬"这三个字只在左边上漆，第二个字"闻"只能漆"门"字。你若答应，我便马上写。

财主 （豪绅还以为是什么秘籍）甚好，（嘱咐下人）你们必须按照郑县令的意思照办。（然后就高高兴兴回家了）

（郑燮边笑边摇头离开）

旁白 郑燮一向不屑此类人等，此次却爽快地答应了，提笔写下"雅闻起敬"四个大字，用墨饱满、笔势雄健。工匠按照郑燮的要求做好了门匾，送给了豪绅。

（工匠把门匾交给了豪绅，豪绅很开心）

旁白 过了一段时间，豪绅楼前门匾上的字没上漆的部分越来越模糊不

清了。远远一看，原来的"雅闻起敬"四个字竟成了"牙门走苟"。

财主 这，怎么回事，明明写的是"雅闻起敬"，怎么变成了……快给我撤下!（命工匠把门匾撤了）

创作来源 | 民间故事《郑板桥题匾时巧施妙计笑财主为衙门走狗》

创 作 感 想

　　郑板桥一生坎坷，但越挫越奋。他特立独行，一生超然，在艺术的世界里苦心修行，砥砺前行。这位潍县历史上最有个性的地方官，曾经"春风七载在潍县"，他登临过禹王台，咏叹过白浪河，修葺过城隍庙，对潍县的山水、百姓感情至深。他曾写道："三更灯火不曾收，玉脍金齑满市楼。云外清歌花外笛，潍州原是小苏州。"他身处官场不屈于权贵，严谨负责，关爱百姓，重视农桑，体察民情。面对灾荒，他处置果断，措施得当，"活万余人"。他心系百姓，"衙斋卧听萧萧竹，疑是民间疾苦声。些小吾曹州县吏，一枝一叶总关情"。他勤政爱民，"于民事则纤悉必周"，在他的任内，"无留牍，无冤民"，"图圄囚空者数次"，深受百姓爱戴。郑板桥的故事，让我们学会以平常心对待人生得失，为人坦荡洒脱。若为官一任，则当学他清正廉洁、刚正不阿的品格，学他亲民忧民、体恤民情的为民情怀。

古来廉政如清风

李子豪

剧情梗概

  一对母女翻开了中华传统节日的绘本，以母女对话的形式，以节日为线索，串起战国、东晋、唐、北宋等不同朝代的名人故事，从中品悟屈原不与世随的《渔父》之风，陶渊明"采菊东篱下"的悠然，聆听苏轼和黄庭坚的慷慨豁达，欣赏李白挥袖而去的潇洒姿态，让古来之风，吹拂今人。

剧情人物

妈妈、女儿、屈原、渔父、陶渊明、路人、苏轼、黄庭坚、唐玄宗、李白

朝代

战国、东晋、唐、北宋

《古来廉政如清风》小组彩排花絮

（妈妈给女儿介绍中华传统节日，女儿疑惑，妈妈解答）

妈妈　来，我们一起跟着这本书的内容，体会我们中国古代的廉洁文化吧，你看看这里有你了解的内容吗？

女儿　这里的端午节我知道，可端午节不就是赛龙舟、吃粽子的吗？怎么跟廉洁有关系呢？

妈妈　（笑）我们中国有许多传统节日啊，都与廉洁有关，我们一起读读这篇古文，就慢慢理解了。

妈妈、女儿　（一起）屈原既放，游于江潭，颜色憔悴，形容枯槁……

女儿　妈妈你看！

第一幕　端午节

（时空穿越回战国时期。一天，屈原游于江潭，行吟泽畔，颜色憔悴，形容枯槁）

渔父　子非三闾大夫与？何故至于斯？

屈原　举世皆浊我独清，众人皆醉我独醒，是以见放。

渔父　圣人不凝滞于物，而能与世推移。世人皆浊，何不淈其泥而扬其波？众人皆醉，何不餔其糟而歠其醨？何故深思高举，自令放为？

屈原　吾闻之，新沐者必弹冠，新浴者必振衣；安能以身之察察，受物之汶汶者乎？宁赴湘流，葬于江鱼之腹中。安能以皓皓之白，而蒙世俗之尘埃乎？

渔父 沧浪之水清兮，可以濯吾缨；沧浪之水浊兮，可以濯吾足。

（时空流转回来）

女儿 （看向妈妈）妈妈，我知道了，原来端午节纪念的是这样一个人物啊！

妈妈 是啊，我们国家这样的节日还有很多呢！

女儿 那重阳节也是吗？"酒能祛百虑，菊解制颓龄""采菊东篱下，悠然见南山"，这些诗又是什么意思呢？

妈妈 这两首诗都是我国著名诗人陶渊明写的，它们都写到了菊花，用来表达吉祥长寿、贞洁诚实的意思。

女儿 那这里为什么把陶渊明称作五柳先生呀？

妈妈 那我就给你讲一个五柳先生的故事吧。

第二幕 重阳节

（时空穿越到东晋时期，陶渊明作《归去来兮辞》后，辞官归隐田园。

九九重阳节这天，陶渊明弯下腰在庐山下采菊）

路人 （拱手）大人，请问五柳先生居何处？

陶渊明 （看了一眼，又继续采摘）谁？

路人 陶渊明，字元亮，号五柳先生。

陶渊明 此人归去。

路人 （急忙解释）吾知其为隐士，适逢九九重阳佳节，欲携美酒与清雅之士共饮之。

陶渊明 （停下动作，站起来）此人鄙，非清雅之士。

路人 （不悦，一抿嘴）何以言之？先生闲静少言，不慕荣利。其《归去来兮辞》曰："归去来兮，请息交以绝游。世与我而相违，复驾言兮焉求？"世人归隐不过图一隐士之名，而先生竟敢直言，世与我违！此乃真隐士！

陶渊明 （一笑，不过随即黯然神伤）那只不过是不会为官而已，称不上雅。

路人 （继续回答）现官场积弊，不同流合污不谓清乎？况其结庐在人境，而无车马喧。何故也？心远地自偏。此等心境，不谓雅乎？采菊东篱下，悠然见南山。此等意境，不谓雅乎？短褐穿结，箪瓢屡空。如此生活，竟能作"此中有真意，欲辨已忘言"。此等真境，不谓雅乎？

陶渊明 （大喜）今日期在必醉。

路人 （惊愕）您是？

（陶渊明指了指门前的五棵柳树）

路人 您家真有五棵柳树！

（时空流转回来）

女儿 妈妈，原来五柳先生这个称号是这么来的呀！

妈妈 是啊，不仅是五柳先生，我国古代还有好多文人墨客都像他一样，用诗文来表达自己的情感，比如苏轼的《寒食帖》，这当中展现的不仅仅是寒食节这个传统节日，还蕴含着苏轼的许多情感。走！我带你去看看他的作品就知道了。

第三幕 寒食节

（时空穿越到北宋。一天，黄庭坚前来拜访苏轼，夸赞他写的《寒食帖》，苏轼作诗，黄庭坚为之题跋）

黄庭坚 子瞻兄，自上次一别已有数月，愚弟常怀思念，今日冒昧登门，还望勿怪。

苏轼 哪里哪里，我也常常心念鲁直。寒食将至，我正想邀你一起踏春吟诗（谈书论道）呢。

黄庭坚 哦，子瞻兄的字向来以"石压蛤蟆"著称，今日看子瞻兄神情，想必已是成竹在胸。

苏轼 哈哈，贤弟过誉了，你我二人以"苏黄"并称，想必鲁直的"死蛇挂树"也别有一番趣味。

黄庭坚 你我二人各有千秋，互不相让。昨闻子瞻兄往日所作《寒食帖》乃心手合一，媲美钟王之作，可否借来一观？

苏轼 为兄正有此意。（拿出《寒食帖》钉在墙上）

黄庭坚 此诗似李太白，犹恐太白有未到处。此书亦兼具多家之长，妙啊！

苏轼 难得你如此夸赞。想起那年寒食节的晚上，外面凄风苦雨，我生活窘迫，正悲从中来。不曾想，竟在挥毫之间成就此诗。如今心境不同，却再难写出当初的诗作了。

黄庭坚 唉，兄长因有此遇，才能成就这般旷世佳作，待鲁直他日书艺大成，必亲为之题跋。

苏轼 那为兄在此先谢过鲁直了。

黄庭坚 只是这诗虽好，却过于悲戚，读来实在是让人心痛。想兄长为官多年，从不曾有愧。在惠州时捐款为百姓修桥，在扬州罢除万花会为民减负，其他大大小小的事更不必再说，如此高风亮节之人家中却揭不开锅，这是谁之过啊？

苏轼 鲁直不必为我伤怀。千年以前的介子推因不愿接受封赏而辞官隐居，即便是晋文公烧山，他也不出来，最终抱树而死，只留下衣襟上的血诗来提醒君主勤政清明。而为了纪念他，寒食节传承至今。这样看来，不论在何等处境中，都不能放弃自身的正直品格。你又怎知，千年以后不会有人记得你呢？

黄庭坚 子瞻兄果然豁达，怪不得能写出"一蓑烟雨任平生"这样的诗句，看来愚弟还要多多向您学习啊！

苏轼 哈哈哈，既然如此，趁着今日得空，鲁直何不与我一同出游？

黄庭坚 子瞻兄相邀，岂能不从？请！

苏轼 请！

（时空穿越回来）

女儿 妈妈，我好像能看到在那个寒冷的夜晚，苏轼一个人孤零零地在破旧的小屋里写下了《寒食帖》的场景，带着满脸的愁苦呢！

妈妈 是啊，你看这一个"君"字，君字越小，苏轼对于君王寄予的希望也越小，对于群臣之乐的憧憬，也是越来越渺茫。

女儿 妈妈，那你能跟我说说，历史上还有哪些像苏轼一样的贤臣吗？

妈妈 这可多了，那我就告诉一个你最熟悉的吧。那是一次千秋节上，唐玄宗在宫中举行盛典，大宴群臣………

第四幕　千秋节

（时空穿越到唐朝。千秋节上，唐玄宗大宴群臣，歌舞起，龙颜大悦，唐玄宗宣李白作诗）

（李白微醺，上前作《乌栖曲》）

唐玄宗　（一看，惊怒质问）卿乃何意？

李白　金樽清酒，玉盘珍羞，皆民脂民膏，不可妄夺任用也；今陛下大宴群臣，酒池肉林，穷奢极靡，与那吴王何异？昔年魏征有言："求木之长者，必固其根本；欲流之远者，必浚其泉源；思国之安者，必积其德义。源不深而望流之远，根不固而求木之长，德不厚而思国之理。臣虽下愚，知其不可，而况于明哲乎？"

第五幕　母女朗诵

女儿　"举世皆浊我独清，众人皆醉我独醒"是屈原的坚守。

妈妈　"悟已往之不谏，知来者之可追；实迷途其未远，觉今是而昨非"是五柳先生摆脱仕途回归田园的宣言。

女儿　跌宕而又神采飞扬的《寒食帖》是苏东坡真情的流露。

妈妈　一首收敛含蓄的《乌栖曲》是李白对宫廷淫靡极尽的讽刺。

女儿 "公生明，廉生威"，先人警句震撼心房；"取伤廉，与伤惠"，历史警钟时刻鸣响。

妈妈 "生于忧患，死于安乐。"人生谶语世代不枉。

女儿 奋进新征程，让我们一同书写清廉新答卷，建功新时代吧！

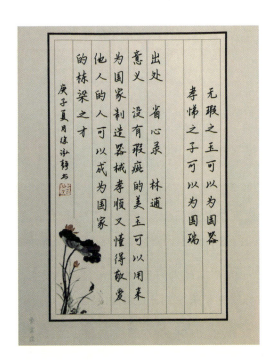

创作来源 《寒食帖》《鸟栖曲》《谏太宗十思疏》

寒食帖

［宋］苏轼

自我来黄州，已过三寒食，年年欲惜春，春去不容惜。

今年又苦雨，两月秋萧瑟。卧闻海棠花，泥污燕支雪。
暗中偷负去，夜半真有力。何殊少年子，病起须已白。
春江欲入户，雨势来不已。小屋如渔舟，蒙蒙水云里。
空庖煮寒菜，破灶烧湿苇。那知是寒食，但见乌衔纸。
君门深九重，坟墓在万里。也拟哭涂穷，死灰吹不起。

译文

自从我来到黄州，已经度过三个寒食节了。每年都惋惜着春天过去，却无奈春光离去让人来不及悼惜。今年的春雨绵绵不绝，接连两个月如同秋天萧瑟，天气令人郁闷。在愁卧中听说海棠花谢了，雨后花瓣凋落在污泥上。美丽的花经过雨水摧残凋谢，就像是被有力者在半夜背负而去，叫人无力可施。这与患病的少年病后起来头发已经衰白又有何异呢？春天江水高涨将要浸入门内，雨势袭来没有停止的迹象，小屋子像一叶渔舟，飘流在苍茫烟水中。厨房里空荡荡的，只好煮些蔬菜，在破灶里用湿芦苇烧着，本来不知道今天是什么时候，看见乌鸦衔着纸钱，才想到今天是寒食节。想回去报效朝廷，无奈国君门深九重，可望而不可及；想回故乡，但是祖坟远隔万里。本来也想学阮籍作途穷之哭，但心如死灰不能复燃。

乌栖曲

〔唐〕李白

姑苏台上乌栖时，吴王宫里醉西施。

吴歌楚舞欢未毕，青山欲衔半边日。

银箭金壶漏水多，起看秋月坠江波。

东方渐高奈乐何！

译文

每当黄昏日落，乌鸦栖落时分，姑苏台上灯火通明。此时，吴王早已来到春宵宫里，陶醉在美人西施的温柔乡中。吴歌伴着楚舞欢声不断，西面山峰就要吞没了剩下的半轮红日。不觉中，刻漏铜壶里的漏水越积越多，银箭的刻度也越升越高，起身看到秋月已经坠落到江涛之中，东方的太阳随之渐渐升起来了。

谏太宗十思疏

〔唐〕魏征

臣闻：求木之长者，必固其根本；欲流之远者，必浚其泉源；思国之安者，必积其德义。源不深而望流之远，根不固而求木之长，德不厚而思国之理，臣虽下愚，知其不可，而况于明哲乎？人君当神器之重，居域中之大，将崇极天之峻，永保无疆之休。不念居安思危，戒奢以俭，德不处其厚，情不胜其欲，斯亦伐根以求木茂，塞源而欲流长也。

凡百元首，承天景命，莫不殷忧而道著，功成而德衰。有善始者实繁，能克终者盖寡。岂取之易而守之难乎？昔取之而有余，今守之而不足，何也？夫在殷忧，必竭诚以待下，既得志则纵情以傲物；竭诚则吴越为一体，傲物则骨肉为行路。虽董之以严刑，振之以威怒，终苟免而不怀仁，貌恭而不心服。怨不在大，可畏惟人；载舟覆舟，所宜深慎。奔车朽索，其可忽乎？

君人者，诚能见可欲，则思知足以自戒；将有作，则思知止以安人；念高危，则思谦冲而自牧；惧满溢，则思江海下百川；乐盘游，则思三驱以为度；忧懈怠，则思慎始而敬终；虑壅蔽，则思虚心以纳下；想谗邪，则思正身以黜恶；恩所加，则思无因喜以谬赏；罚所及，则思无因怒而滥刑。总此十思，弘兹九德，简能而任之，择善而从之，则智者尽其谋，勇者竭其力，仁者播其惠，信者效其忠；文武争驰，在君无事，可以尽豫游之乐，可以养松乔之寿，鸣琴垂拱，不言而化。何必劳神苦思，代下司职，役聪明之耳目，亏无为之大道哉？

译文

我听说：想要树木生长，一定要稳固它的根基；想要河水流得长远，一定要疏通它的源头；要使国家稳定，一定要积聚它的民心。源头不深却希望河水流得远长，根不稳固却要求树木长得高大，道德不深厚却想国家安定，臣虽然愚笨，（也）知道这是不可能的，何况（像陛下这样）明智的人呢？国君掌握帝位的重权，处在天地间最高的地位，（应该）推崇皇权的高峻，保持永无止境的美善，不居安思危，不戒除奢侈而行节俭，道德不能保持敦厚，性情不能克服欲望，这就像砍伐树木的根却要求树木茂盛，阻塞水的源头却希望水流得长远一样啊！

所有君主帝王，承受上天的重大使命，无不是在深深的忧虑中就治道显著，而一旦功成名就道德衰退，开头做得好的实在很多，而能够坚持到底的却很少。难道夺取天下容易，守住天下就难了吗？当初创业时，能力绰绰有余；现在守卫天下却力量不足，这是为什么呢？大凡在深重忧患当中必须竭尽诚意对待臣下，得志以后就放纵自己傲慢地对待一切人；竭尽诚意就能使吴和越这样敌对的国家也能结成一体，傲慢对人则骨肉亲属也能形同陌路。虽然可以用严刑来监督他们，用声威震慑他们，但是结果大家只图苟且免除罪罚，却不感念（皇上的）仁德，表面上恭顺而不是内心悦服。怨恨不在有多大，值得尊敬的是人民；人民能拥戴皇帝，也能推翻他的统治，这是应当深切戒慎的。用腐朽的缰绳驾驭飞奔的马车，这样的道理可以忽视不理吗？

作为一国之君，如果真的能够做到一见到能引起（自己）喜好的东西，就想到该知足来警惕自己；将要兴建什么，就要想到适可而止来使百姓安定；想到帝位高高在上，就想到要谦虚并加强自我约束；害怕骄傲自满，就想到要像江海那样能够（处于）众多河流的下游；喜爱狩猎，就想到网三面留一面；担心意志松懈，就想到（做事）要慎始慎终；担心（言路）不通受蒙蔽，就想到虚心采纳臣下的意见；考虑到（朝中可能会出现）谗佞奸邪，就想到使自身端正（才能）罢黜奸邪；施加恩泽，就要考虑到不要因为一时高兴而奖赏不当；动用刑罚，就要想到不要因为一时发怒而滥用刑罚。总括这十思，弘扬这九种品德，选拔有才能的人而任用他们，挑选好的意见而听从它。那些有智慧的人就会施展他们的全部才谋，勇敢的人就会竭尽他们的威力，仁爱的人就会广施他们的恩惠，诚信的人就会报效他们的忠心，文臣武将都能（被）重用，君王大臣之间没有什么事情（烦心），可以尽享游玩的快乐，可以颐养像松、乔两位神仙的长寿。（皇上）垂衣拱手（不亲自处理政务），不必多说，老百姓就可以被教化，何必劳神苦思，事事过问，代替百官的职务呢？劳损聪明的耳目，违背无为而治的方针呢！

创 作 感 想

2013 年 4 月 19 日，习近平总书记在中共中央政治局第五次集体学习时强调，要大力加强反腐倡廉教育和廉政文化建设。2016 年 10 月在党的十八届六中全会第二次全体会议上，习近平总书记又明确提出，"要注重加强党内政治文化建设，倡导和弘扬忠诚老实、光明坦荡、公道正派、实事求是、艰苦奋斗、清正廉洁等价值观，旗帜鲜明抵制和反对关系学、厚黑学、官场术、'潜规则'等庸俗腐朽的政治文化，不断培厚良好政治生态的土壤"。

"廉"作为一个道德范畴，不仅是约束为官从政者行为的道德伦理，还与政治行为和政治制度结合在一起，即为廉政。廉政文化，在我国有着非常悠久的历史传统，是中华民族优秀传统文化的重要组成部分。其主要内涵是从政的思想和道德、从政的社会文化氛围、从政人员的职业道德和社会公德。廉政文化不仅是官场的一种良好风气，同时蕴含着中华民族廉洁为人的传统美德。为人谋必也忠乎，与朋友交必也信乎。清廉为官是廉政，忠恕为人为廉正。

今天，我们吃着端午的粽子，总能想起屈原不屈的风骨；清明寒食，会望见凄风苦雨中坚守廉洁的苏东坡；重阳登高赏菊，又是否能看到那"采菊东篱下，悠然见南山"的陶渊明？传统的节日不曾忘记，我们也不会忘记那些本微如星火却照亮了古今的清廉雅士。望借太白一壶浊酒，摹《乌栖曲》，叹官场衰朽，照廉政之心。他们以"安能摧眉折腰事权贵"的豪迈气魄毅然决然走向光明，高高举起廉政的火炬，守护着清正廉洁的火种。而我们生于政治文明高度发达的今日，扎根于新中国依法治国的土壤，从小就接受着"别人的东西不能要"的教育，更应该懂得"廉洁为官，忠恕为人"的道理。

清风，清廉之风，古时的风当拂过今日的中国，一切衰败腐朽都应在这股清风中偃伏，如孔子云，"君子之德风，小人之德草，草上之风，必偃"。

廉洁风骨永流传

徐忆妮

剧情梗概

　　屈原，战国时期楚国诗人、政治家。他用一生践行对清廉的追求和坚守。面对腐败的政治，宁可葬身鱼腹也不愿与世俗同流合污。刘禹锡，唐朝时期大臣、文学家、哲学家，有"诗豪"之称，曾在流放时受到知县百般刁难，身居陋室却始终坚持志行高尚的雅趣。林则徐，清代后期一位带头反抗西方帝国主义侵略的民族英雄，他坚持禁烟、销烟，在侵略者面前展现出大无畏的英雄气概，英勇地捍卫国家主权和民族尊严。我们将跟随主持人的引导，了解屈原投江前的经历，欣赏朗诵刘禹锡的《陋室铭》，走进林则徐虎门销烟的故事，深刻感受廉洁自律、清白做人的精神。

剧情人物

主持人、屈原、渔父、大臣1、大臣2、大臣3、刘禹锡、林则徐、皇上

朝代

战国时期、唐朝、清朝

第一幕　屈原不蒙世俗之尘

主持人　廉洁的风骨自古流传。

　　屈原，提倡美政，主张对内举贤任能，修明法度。他不仅

是中国历史上较早的廉洁倡导者，还是用生命践行廉政的实践者，堪称中国廉政文化的鼻祖。在楚王执政时期，屈原遭到流放，政治上遭到重大打击，在个人和楚国面临着厄运的情况下，他心情忧愤苦闷，行吟江畔，偶遇渔父，便有了《渔父》中的对话。在渔父"圣人不凝滞于物，而能与世推移"的忠告下，他义正辞严地表明了自己洁身自好、绝不同流合污的人生态度。下面请欣赏表演《渔父》。

屈原（摇摇晃晃、跌跌撞撞迎面走来）云霏霏而承宇，哀吾生之无乐兮，幽独处乎山中，吾不能变心而从俗兮，固将愁苦而终穷。

渔父（坐在船上）这不是三闾大夫吗？

屈原（侧身看渔父）三闾大夫？郢都已成秦地，还叫什么三闾大夫？（叹气）

渔父 大夫何故流落此地啊？！

屈原（颤抖）举世皆浊我独清，要掸掉衣上的泥灰，是故，我宁赴湘流，葬身鱼腹，安能以浩浩之白而蒙世俗之尘埃？

渔父（转头不看他，划船走了）沧浪水清，可洗我帽缨；沧浪水浊啊，也可洗我双足。

第二幕 刘禹锡陋室明志

主持人 刘禹锡，进行永贞革新，让宦官无法欺凌霸市、搜刮民脂民膏。他严厉打击贪官，使百姓得以安居乐业。刘禹锡曾因改革失败被贬，受到知县故意刁难，但他毫无怨言，亦不和知县同流合污。身居陋室，刘禹锡愤然提笔写下这篇《陋室铭》，并请人刻在石碑上，立在门前，以描绘自身志行高尚、安贫乐道、洁身自好的志趣。下面请欣赏朗诵《陋室铭》。

山不在高，有仙则名。

水不在深，有龙则灵。

斯是陋室，唯吾德馨。

苔痕上阶绿，草色入帘青。

谈笑有鸿儒，往来无白丁。

可以调素琴，阅金经。

无丝竹之乱耳，无案牍之劳形。

南阳诸葛庐，西蜀子云亭。

孔子云：何陋之有？

第三幕 林则徐虎门销烟

主持人 林则徐为禁烟去往广东，出发前，他明令各地：不准大办酒席，不准馈赠礼物，不准惊动百姓，更不准送钱给随行的人员。

皇上 这些天来很多人给朕上书，要求查禁鸦片，不知各位爱卿对此有何意见？

大臣1 皇上，近二十年来，西方国家向我国大量走私鸦片，我国为此流出的白银至少有一个亿，这给国家财政带来了不小的危害啊！

大臣2 皇上，如果担心白银外流，我们可以推广自行生产鸦片，完全没有必要查禁鸦片。

大臣3 鸦片大多从国外进入，如果我们用严厉的手段查禁，结果引来了战争，岂不是带来更大的灾难？

大臣1 皇上，鸦片对人的身体有很大的伤害，吸食鸦片的人会上瘾，很快就会骨瘦如柴。许多为了购买鸦片而倾家荡产的人，都是在凄惨中死去。这鸦片真是害人的东西，应该查禁！

大臣2 你也说了吸食鸦片会上瘾，所以我们查禁鸦片不仅不能真正禁绝鸦片，恰恰相反，查禁鸦片会使鸦片价格上升，从而导致更多的人家破人亡，你忍心看到这样的场景吗？

大臣3 况且查禁鸦片，说得简单，真正执行起来很难。有很多官员或是自己吸食鸦片，或是与鸦片贸易有勾连，全国各地都在查禁，但收效甚微啊！

皇上 林则徐，你曾经在地方查禁鸦片，积累了很多经验，你对这件事有什么看法？

林则徐 皇上，臣听说军中有不少人吸食鸦片。

大臣1 确有其事，包括士兵，我朝上下至少有十分之一的人在吸食这害人的东西。

林则徐 士兵吸食鸦片，致使军无斗志，战力下降，白银外流，造成财政危机。如果不对贩卖鸦片和吸食鸦片者严厉处置，二十年后，我大清国，将没有可以打仗的士兵和充作军饷的银子了啊！

皇上 可是，查禁鸦片带来战争怎么办？

林则徐 查禁鸦片，会侵害外商与我朝一些势力，确实可能带来战争。但我们不能因为害怕战争而无视鸦片带来的损害。况且我们可以用较为温和的手段对待相关的涉事人员，只除首恶，这样执行起来会容易许多。

皇上 全国各地都有鸦片，从什么地方开始查禁比较合适？

林则徐 鸦片走私，广东最为猖獗，到广东查禁最为合适。

林则徐 （对皇帝一拜）皇上，鸦片对我国危害甚大，若是任其发展，我大清国危在旦夕！

皇上 林爱卿——

林则徐 臣在！

皇上 朕命你为钦差大臣，速去广州禁烟！

林则徐 臣誓与此事相绝，鸦片一日不绝，臣绝不归来！（一拜退下）

主持人 葬身鱼腹的屈原，陋室清欢的刘禹锡，受命销烟的林则徐，是廉洁史话中的一座座丰碑。

《廉洁风骨永流传》小组彩排花絮

创作来源 《渔父》《陋室铭》

陋室铭

[唐] 刘禹锡

山不在高，有仙则名。水不在深，有龙则灵。斯是陋室，唯吾德馨。苔痕上阶绿，草色入帘青。谈笑有鸿儒，往来无白丁。可以调素琴，阅金经。无丝竹之乱耳，无案牍之劳形。南阳诸葛庐，西蜀子云亭。孔子云：何陋之有？

译文

山不在于高，有了神仙居住就会出名。水不在于深，有了龙就显得有了灵气。这是简陋的房子，只要我（居住的人）品德好（就感觉不到简陋了）。门前的台阶上长着碧绿的苔藓；窗外映入眼帘的是绿草如茵。到这里谈笑的都是知识渊博的大学者，交往的没有知识浅薄的人。平时可以弹奏清雅的古琴，阅读泥金书写的佛经。既没有嘈杂的奏乐声扰乱双耳，也没有官府的公文使身体劳累。这样的屋子就如南阳诸葛亮的草庐，西蜀扬子云的亭子。正如孔子说："品德高尚的君子居住之地，有什么理由说它是简陋的呢？"

创 作 感 想

　　《楚辞章句》中云："不受曰廉，不污曰洁。"从屈原身上，我们看到了"亦余心之所善兮，虽九死其犹未悔"的豪情，感受到屈原忧国忧民、坚贞不屈的人格和情怀。从林则徐的故事里，我们看到了他"苟利国家生死以，岂因祸福避趋之"的家国情怀和"窃为不平"的坦荡胸襟，赞叹他"一生任事而不牟利，尽瘁而不热中，临难而不退避，受屈而不怨尤"的从容与大度。《陋室铭》里，我们感受到刘禹锡的博学多才、倔强不屈、清正廉洁，以及他关心民生疾苦的品德。他们都将自身生死置之度外，将国家和人民装满心中，将个人命运紧紧融入国家兴亡之中，积淀成了中华民族灿烂优秀的文化。作为当代青年，我们不仅要学习、传承和弘扬好他们的优秀品质，更要赋予它们当代价值和时代意蕴，续写好新时代青年精神、青年力量。

徐福斩贪官

沈蕤筠

剧情梗概

　　整个故事以说书的形式展开，使严肃的故事增添生动活泼的趣味，让观众在嬉笑中体悟道理。大桥崩塌，徐福、韩众救起难民，几声"救命"吸引观众注意力，也暗示了腐败在当地蔓延。随后，韩众、徐福二人拜见郑义，为揭发贪官做准备，用正面形象体现了廉洁的重要性。剧情从第三幕开始逐渐走向高潮，徐福扮演阎王爷审贪官谢轭，通过谢轭在被审问过程中的变化，生动刻画贪官形象。剧情高潮出现在斩杀谢轭时，谢轭的悔悟与"时辰已到"相互呼应，显示贪污腐败没有回头路，终究会走向灭亡。剧本在每一幕之后以诗词作结，以古代诗词彰显廉洁文化。每一幕的场景特点鲜明，场所各具特点，使得观众可以清晰地感受剧情的起伏变化。

剧情人物

徐福、谢轭、郑义、说书人、韩众、刘香儿、黑无常、郑夫人、白无常、落水者、百姓、妇人、孩子、众衙役

朝代

架空

第一幕 桥塌

说书人 话说自那徐福领命南下巡查，一路上已是将那些个横行的、作恶的一网打尽，送他们去吃牢狱里的苦果子。这日他一行人行至彭城地界，正值暮春时节。天朗气清，白云舒卷，足下两河交汇，千里长堤逶迤蜿蜒，河水咆哮，一泻千里。兄弟几人说笑着，正往前走，忽有呼唤救命之声，扭头看去，竟是两河交汇处有人落水。

（几匹受到惊吓的马拉着马车冲断桥栏，连马带车跌落桥下，车沉没了）

落水者 （喊了几声）救命！（没一会儿，就被奔腾的河水吞没了）

徐福 快，赶紧去救人！

（徐福、韩众两人跑步而去。刘香儿紧随其后）

落水者 （水流湍急，只见两名落水者尚在波涛中挣扎着，拼命地呼喊着）救命哇！救命哇……

（徐福、韩众不敢怠慢，跳下水去，一人救一个奔上岸来）

落水者 （泪）谢谢两位官人的救命之恩，谢谢，谢谢……

徐福 （顾不得抖落身上的水）你们年纪轻轻的，因何落水？

落水者 （泪）我们是迎娶新娘子的车队，一行三十多人，来到刚刚竣工的大桥上，谁知祸从天降，大桥突然就塌了。

落水者 只有我们识些水性，其他人……皆命丧大河之中了哇！（说罢两人放声大哭）

徐福 （愤然道）那桥是何人所修？

（落水者彼此相看，却不敢应答，只是低声喃喃）

落水者 （痛心）苦了几十万百姓，可惜了三十万两捐银……更可怜我村三十余条人命啊！

（落水者已泣不成声）

韩众 大哥，究竟是何人如此猖狂！我们快去看看！

（于是，徐福兄弟二人快步沿着河岸向上游走去）

说书人 徐福几人来到坍塌的大桥处，看到河中那座坍塌的大桥似一条断了腰的巨蟒半浮于河水中，数座桥墩倾倒在河道里，在河水的冲击下歪歪斜斜。唯有一座桥墩尚完好，犹如一根定海神针，伫立在河中央。

（河岸上许多死难者家属在号啕大哭）

百姓 我的儿哇……孩子他爹哇……

（刘香儿看见那几人，急忙上前安抚）

徐福 （望着这悲惨景象，大怒）这坍塌的哪里只是座大桥？分明是我朝的江山在摇摇欲坠！

韩众 （来到断桥墩旁，用手轻轻一推，又看了看，一声长叹）这种材料如何能建桥，纯粹是偷工减料。

（韩众又推下几块石头，发现了一片写满字的木片）

韩众 （跑上岸来，将木片递给徐福）大哥，你看此物。

说书人 只见此物上写道：羞羞惨惨，冷冷淡淡，昏昏愦愦暗暗。冰寒血冷时候，最难心安。国家耗银数万，贪虫吞，脏官占，对苍天，倾伤心，却是断肠碎肝。满地黄金白银，惮悄然，侵占有谁敢拦？守着流沙，我自苦怀痛感，泥桥驾着狂浪，到明日，车马驰，怎一个人命关天？　　郑义题

徐福 （接过木片，细细看后，叹道）好个卓有远见的郑义。

韩众 （怒道）既然他明白"怎一个人命关天"，那为何不采取措

施呢？

徐福 他守着泥沙，苦怀痛感，他是心有余而力不足，无可奈何。

韩众 （一声长叹）多惨痛的教训，三十多条人命。

徐福 他定也有难言的苦衷。

韩众 将他抓来拷问，想必这事的来龙去脉也就清楚了。

徐福 不，这是一桩大案，只能好言好语去询问于他。

韩众 这里离彭城不远，我们还是进城住下再做打算吧。

徐福 （点点头）也好，此事不能着急，还是从长计议，稳妥些。

（韩众也在一旁点头）

（几人即刻向彭城赶去）

第二幕 寻郑义

说书人 那徐福一行人进城，寻得一间客栈落脚。尚未歇息片刻，便开始商讨如何处理彭城这一大案。

韩众 （向徐福抱拳行礼）哥哥你先在客栈等候，我去寻那郑义。

徐福 韩兄弟你脾气太急，切记见到郑先生定要以礼相待。

韩众 （向客栈外走去）记住了，记住了。

说书人 韩众一路上打听郑义的消息，一得知此人现家住彭城西郊，便直奔而去。到了西郊一宅院不远处，有一妇人正在种菜。再有几步，便是院落正门。门前停着一辆马车，一男子忙忙碌碌地从院里将一捆捆的书装上车。

韩众 （站在墙侧探看）想必此人就是郑义！但此举，怎像是在搬家？

郑义 （高声喊道）此地不可久留，你是我妻，为何不与我同行？

郑夫人 （不耐烦道）你中了什么邪，好好的家为何要离开？

郑义 我乃府之小吏，主管水利工程，大桥坍塌，三十多条人命！上面追查，我岂能逃得了干系？

郑夫人 那就谢天谢地，查出了贪官，为惨死的人报仇雪恨。

郑义 理虽如此，只怕……

郑义 （瞧那妇人满不在意，叹气）只怕那官大一级压死人，到时候把我当作替罪羊，我郑义纵使身有百口、口有百舌，也难解脱。

郑夫人 （停下手中动作）那还有没有天理良心？

郑义 （忧心忡忡）如今，乌云蔽日，官虎吏狼，百姓无处申冤，亦无力抗衡。谁再不服，也不过是以卵击石。他们一丘之貉，官官相护，心如毒蛇。你怎知道他们不会杀人灭口？

郑夫人 （不禁潸然泪下）跟着你落得个清高皮肉瘦，宁可清贫自乐，不作浊富多忧，总是把着良心关，到后来还是流离失所。

郑义 （催促着妻子）唉，走吧！走吧！天黑前离开彭城，也就安全了。

（郑家两口上了车，郑夫人还恋恋不舍地望着自家院子。郑义正欲驱车，就被韩众拦住了）

韩众 （笑容可掬）郑先生，且慢！

郑义 （看了看）这位兄弟是何人？何故阻拦于我？

韩众 （作揖）特来为你践行。

郑义 我与你从未谋面，何故为我践行？

韩众 聊表慕名之意，早闻先生高风亮节。还有，先生有件物品遗落，特来物归原主。

郑义 何物？

韩众 （取出那块木片）郑先生，这可是你的大作？

（郑义接过木片，看后放声大哭）

韩众 木片的背后是我家大人——皇帝的钦差大臣徐福大人赠予你的礼物。

说书人 郑义翻过木片，只见：片言说破一个人，一无真金二无银，唯有学问博如海，一生品质洁无尘。世人莫要褒渎君，黄金虽贵弱武文。定国安邦腹有韬，荣辱不惊真君子。

郑义 （阅后感慨）好诗！好字！好文采！

韩众 我受我家大哥徐福徐大人的指派登门拜访，先生岂有拒人于千里之外的道理呢？

郑义 （果断）徐福徐大人实乃当朝清官，锄奸惩恶，伸张正义，我此番遭奸人所害，若是能够大难不死，就仰仗徐大人了。请！

（向韩众行礼）

（郑义引着韩众进了家）

郑义 （给韩众倒了一杯水，惭愧地说）逃难之人，抛家弃业，屋内狼藉一片。只能委屈大人了。

韩众 （一口气喝下水）郑兄这是哪里的话？如此情境下，实是无奈之举。

郑义 （摇摇头）三十六计走为上，鄙贱之人也只能如此。自古是强食弱肉，弱者只得逃避，方可侥幸得脱。且不知阁下尊姓大名？

韩众 （作揖）在下姓韩名众。

郑义 （作揖）原来是徐大人身边的韩大人，我虽官卑职轻，但也有闻"青天"之名，失礼了。

韩众 （扶起郑义）免礼，免礼。

郑义 徐福徐大人，是清如水明如镜的清官、好官，惩恶扬善，为民除害。奸人逆子，贪官污吏，闻之无不胆战心惊。

郑义 （坐下，叹了口气，沉吟）大人稍等片刻，我有彭城一帮贪官利用工程贪污的详细账目，包括这座坍塌的大桥。狗官们从中贪污三十二万八千六百五十二两白银！

韩众 真有此物？快快取来！

郑义 是。

郑夫人 （正在这时，慌慌张张地跑进屋来）有两个形迹可疑的人在门前张望。

郑义 （取出一只羊皮匣子，里面放着账本）大人，账目全在其中。

韩众 （接过，小声）歹人自来探风，有可能铤而走险，杀人灭口，尔等不要害怕。

郑义 （点点头）自有青天在，不怕乌云漫天飞。

（他们一同走出房去。韩众回到客栈的一个房间见到了徐福，将郑义给的物品交给徐福）

徐福 （怒发冲冠，气得顿足捶胸、破口大骂）谢轭，谢轭！狗贪官，贼贪官！此人不除，彭城百姓难脱苦海！

韩众 大哥，你我拿下一个州官如探囊取物，因为大哥你有皇帝的御赐腰牌，还有一把尚方宝剑。

徐福 （低头思考）话虽如此，但只凭郑先生的揭发材料也是推不倒谢轭的，必须还要有认罪材料才能让他伏法。

韩众 （摇摇头）难，难办了，他们要是不开口，就是神仙也难下手。

徐福 （笑）山人自有妙计，使我的法子定让他开口。

第三幕 智取贪官

说书人 是夜子时，但见皎月昭昭，树影幢幢，四下寂静无声。州官府上，忽现两个蒙面黑衣人，但只一晃又隐没在夜色里。那谢轭老爷在榻上已是鼾声如雷。正欲悠游太虚，忽闻一阵细弱的哭声。一睁眼，只见黑白无常扮相的二人站在他床前。他正欲疾呼，便是眼前一黑。

（"黑白无常"架着谢轭，押着他到城隍庙）

说书人 这谢轭再睁眼，就瞧见一尊神像龇牙咧嘴，接着一阵旋风向他刮来，又听得几声狰狞的狂笑，笑得他毛骨悚然、心惊胆颤。神像前还坐着一个面如锅底，目如金铃，披着皂袍，一手执着铁笔，一手拿着一个厚厚的大本子的人，样貌瘆人可怕。原是徐福使弄了这些玩意儿。这且不说，书归正题。

谢轭 （瘫软在地，一个劲地磕头哭喊）见鬼了！鬼爷爷饶命……

说书人 突然从地下冒出许多三寸余长的小人来，有男有女，个个痛哭流涕。谢轭直吓得肝胆俱碎，慌不择路向墙角旮旯处退去，那些小人蹦蹦跳跳向谢轭围去，纷纷叫骂："谢轭还我命来，还我命来……"

谢轭 （又惊又怕）你们是何人？

徐福 （坐在神像下）我乃阎王麾下的判官，押解你的是黑白二无常，你面前的这些小人都是惨死在桥下的冤魂。

徐福 （高声道）全州捐献白银十余万两造的桥坍塌了，你谢轭偷工减料，将六万五千两银子中饱私囊，致使三十多条无辜性命断送你手，你可知罪？

谢轫 （瞪大眼睛，颤声）判……判官大人，如何知道这些？

徐福 （大怒）若要人不知，除非己不为。你蒙骗了世人，蒙骗不了阎王！

（谢轫心里更是害怕，只跪在那里瑟瑟发抖）

徐福 这里有你贪污受贿、贪赃枉法的罪账，拿去，如果属实，在每一页上签字画押认罪。

（"黑白无常"蹦蹦跳跳地过去，将账本和笔墨递上）

谢轫 （仍妄图作假，支支吾吾嘀咕）不对……不对……这是什么时候的事？我不记得……哎哟，我的头好痛！（用手捂着头，就是迟迟不肯签字画押）

白无常 （厉声道）这是阎王爷记载下来的，怎会有错！天网恢恢，疏而不漏。你再不老实，现在就拖你去黄泉！

谢轫 （低头瑟瑟发抖，忙连声应道）属实，属实。

（谢轫签字完毕，"黑白无常"将账本又放进羊皮匣子里交予徐福）

徐福 善恶到头终有报，这就是你遭受报应的时候。你谢轫贪心不足，当你第一次犯罪之时，那已是"一失足成千古恨，再回首已百年身"。

谢轫 （抱头大哭）我命休矣，我命休矣……

徐福 （高声咏道）岂恨贪官腐败虫，当年威风化凋零。华亭鹤唳哭声起，万人叱骂少人拥。

谢轫 （还在哭喊）判官老爷饶命……

徐福 （喝道）给我押下！

黑白无常 是！

第四幕 清廉正道

说书人 天蓝地绿，山青水碧，日光熙熙，大道通阳。

（彭城府衙公堂肃穆，衙役分列两班，怒目圆睁。"明镜高悬"匾额之下，这徐福青天端坐公案之上）

徐福 （惊堂木一声脆响）升堂！（一声令传）带罪人谢轺！

（谢轺被押上大堂）

徐福 （猛击惊堂木怒斥）尔为官三载，不顾百姓惨戚冰雪里，悲号绝肠中。仅建桥一项就贪去了六万两之多。现已详细统计，这几年你累计贪污三十二万八千六百五十二两，如此贪得无厌。你可知罪？

谢轺 （悚然，连声道）知罪，知罪，我愿意退还所有银两，只求钦差大臣饶了我的命吧。

徐福 （"啪"地拍响惊堂木）你可知退赃不退罪？所有赃银自有本钦差大臣抄没，顺带砍了你的狗头！来啊，将犯人押下堂去，择日问斩！（扔下一令签）

（两名衙役上前，架住谢轺，将他向堂后拖去）

谢轺 （哆嗦着，大声叫喊）大人！大人！青天大老爷！徐大人！我知错了！求大人开恩，饶了我吧！求大人开恩哪！

（徐福注视着他，一言不发）

说书人 三日后午时，法场上戒备森严，谢轺被捆绑在柱上，刽子手身披红袍，怀抱鬼头刀站立一旁。钦差大臣徐福和韩众、刘香儿等人身坐监斩棚内，前来看贪官砍头的百姓里三层外三层地将法场围了个水泄不通。

孩子 （不明所以，向母亲问道）娘亲，他们这是在干什么？

谢轭 （向人群里望，听到那孩子的话，仿佛瞧见了自己一对可爱乖巧的儿女，不禁悲从中来，痛心疾首）我的儿女哇……

谢轭 （泣不成声）我的孩子们，我虽然没有给你们留下千两金、万两银，却留下一件无价宝，那就是教训，血的教训……你们要以我为戒啊！要堂堂正正地做人，光明磊落地做事。用你们的双手去耕渔樵商，莫要再走了我的老路，是爹对不起你们啊！

韩众 时辰已到。

（徐福扔下一支令箭）

众衙役 （齐声合着）时辰到……

（举起鬼头大刀向罪人砍去，一片血光，人头落地）

第五幕　海晏河清

说书人 谢轭一案后，彭城官场人人自危，无人再敢兴风作浪，那坍桥自然也已重新建起。正是古道弯弯，河水潺潺，拱月卧水，横驾东西，再不复从前惨败光景。桥上车马行人，来往不绝，摊贩吆喝，热闹非凡。

（徐福、韩众、刘香儿边走边和群众打招呼，群众夹道欢送）

说书人 正是北邙荒冢无贫富，玉垒浮云变古今。辛名无德非佳兆，乱世多财是祸根。世事茫茫难自料，清风明月冷看人。劝君莫做贪财奴，死去何曾带分文。

创作来源　　　传说故事

创 作 感 想

　　习近平总书记强调："一个人廉洁自律不过关，做人就没有骨气。要牢记清廉是福、贪欲是祸的道理，树立正确的权力观、地位观、利益观，任何时候都要稳得住心神、管得住行为、守得住清白。"总书记的话时刻提醒我们要廉洁自律，坚守初心本色。在前期设计时，我们经过多次的开会研讨，在确定了剧本的文学性、独创性、趣味性的基础上，提出从"斩贪官"这一要素入手，逐渐添补加入诗词等相关文学内容，丰富剧本脉络。剧本用说书人说书的形式，串起古今、穿越历史，把现代人的思维和古代官场巧妙糅合起来，让故事离我们更近，让剧情更贴近现实，更容易被理解、接受。我们在选剧本、改编剧本、撰写脚本、彩排和表演的过程中，不断地丰富角色，充实内涵，并在反反复复地听与看的过程中不断加深对廉洁内涵和深意的理解。

清正在德，廉洁在志

吴依晗

剧情梗概

　　故事从母女俩关于"什么是廉洁"的对话开始，引出未来博物馆"清正在德，廉洁在志"的展览。随着 AI 讲解员的讲解去了解屈原、刘宠、周敦颐这三位历史人物的廉洁故事，从古到今，时光穿梭，展开了一场跨时空的廉洁对话。

剧情人物

屈原、刘宠、周敦颐、妈妈、女儿、老师、百姓 1、百姓 2、学生 1、百姓 3、学生 2、百姓 4、学生 3、AI 讲解员

朝代

先秦、宋朝、汉朝

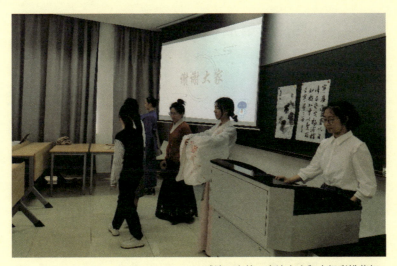

《清正在德，廉洁在志》小组彩排花絮

第一幕　慕廉洁

旁白　一个周末，妈妈和女儿在书房练字，女儿在宣纸上写下了"廉洁"二字。

女儿　妈妈，廉洁是什么意思呀？

妈妈　廉洁是一种美德，要求我们品行端正，规矩做事，清白做人。

女儿　妈妈，但我还是不太懂，怎样的人是廉洁的呢？

妈妈　其实历史上有很多廉洁的人。最近未来博物馆刚好有一个"清正在德，廉洁在志"的主题展览，不如我带你去看看吧！

女儿　好！

第二幕　屈原宁廉洁正直以自清

（母女二人来到展厅）

AI 讲解员　各位游客，你们好！欢迎来到"未来博物馆"。本馆融合全息投影技术，采用人工智能语音导览的方式自主参观游览。我是今日的讲解员小元，今天将由我向你们介绍"清正在德，廉洁在志"主题展览。下面让我们一同开启今天的奇妙时光之旅吧！首先，我们来到第一个展厅——春秋战国展厅。

女儿 （指着屈原）妈妈，这是谁呀？

妈妈 这是一位伟大的诗人，让我们听听小元怎么说。

AI 讲解员 屈原，战国时期楚国诗人、政治家。他不与安乐富宦同流合污，毅然投身汨罗江。他还是中国历史上最早提出"廉洁"一词的爱国诗人。据考证，"廉洁"一词最早出现在屈原的作品《卜居》和《招魂》中。

屈原 宁诛锄草茅以力耕乎，将游大人以成名乎？宁正言不讳以危身乎，将从俗富贵以偷生乎？宁超然高举以保真乎，将哫訾栗斯，喔咿儒儿，以事妇人乎？宁廉洁正直以自清乎，将突梯滑稽，如脂如韦，以洁楹乎？

女儿 妈妈，"宁廉洁正直以自清乎"是什么意思呀？

妈妈 意思是廉洁正直，使自己保持清白。作家朱自清选"自清"作为自己的名字，就是希望自己时时处处能保持清白正直。我们也要学习他们修身励志、廉洁清明的高尚品德。我们一起去下一个展厅看看吧！

第三幕　刘宠不受"一钱"

（母女俩来到了第二个展厅——汉代展厅）

女儿 （指着刘宠）妈妈，为什么这个人要拿着一枚钱币呀？

妈妈 让我们问一问小元吧！

AI 讲解员 刘宠，字祖荣，东莱牟平人。他在东汉时期为官仁爱惠民，清廉简朴，受吏民爱戴，被后世称为"一钱太守"。

（母女俩走到左边）

AI 讲解员 刘宠任会稽太守期间，重视农桑，劝农耕桑；体察民情，禁止部属扰民等不法行为；简除繁苛，会稽郡中实现大治。百姓由此富足，户户都有余粮。因为刘宠的清明廉洁，朝廷征召他回京出任大臣，乡亲们得知后前来为刘宠送行。

百姓们 刘大人，留下吧。

刘宠 乡亲们！老人家，快起来，起来，起来。乡亲们，你们这是……

百姓 1 大人，您这就要离开会稽了啊，乡亲们都来送送您。

百姓们 是啊，是啊……

刘宠 老人家，不劳你们相送，刘宠最受不了离别之情啊！

百姓 2 大人啊，大人您千万留步，我们会稽的百姓都要来，送送您这位好官啊。

百姓们 是啊，是啊，都来送送您这位好官啊！

刘宠 老人家，心意领了，只是农忙季节，千万不要打扰乡亲们哪。

百姓 3 叔叔，这一贯钱还您的。

刘宠 你们哪里欠我钱呢？

百姓 4 大人啊，您怎么忘了啊？三年前在山上，您慷慨相助，此情此景我们怎能忘怀？

百姓 3 小女知道大人清正廉洁，不受馈赠，但这一贯钱是要还的。

百姓 4　请大人收下吧！

刘宠　不不不，刘宠是不能收的，不能收的呀！

百姓们　大人，您就收下吧。（鞠躬）

刘宠　好，那刘宠就收下这一贯钱权当纪念。

女儿　哦，我明白了。

第四幕　周敦颐爱莲

（母女俩来到了第三个展厅——宋代展厅）

AI 讲解员　周敦颐，字茂叔，北宋五子之一。他不仅是宋代理学思想的开山鼻祖，而且毕生都在自觉躬身笃行儒家的价值理想和道德人格。在多年的仕宦生涯中，他始终正道而行，廉洁自守。

周敦颐　予独爱莲之出淤泥而不染，濯清涟而不妖……中通外直，不蔓不枝，香远益清，亭亭净植，可远观而不可亵玩焉。

妈妈　先生，晚辈有礼了。

周敦颐　汝等是谁？

妈妈　我们是来自 2022 年的人，今天特来向先生请教廉洁之道。

周敦颐　廉洁之道？吾以为一曰立诚，二曰养心，三曰至公，四曰务实，五曰仁爱，六曰礼法，七曰刑治。

妈妈　先生，我们知道您最爱莲花，"出淤泥而不染，濯清涟而不妖"，您为我们树立了君子品格的好榜样啊!

周敦颐 哦，那你可知我的《爱莲说》后世流传情况如何?

妈妈 先生大可放心，您的《爱莲说》为我们后人称道，小到儿童，大到老人都会背诵! 不信您看——

（小学教师带领一队小学生来到跟前）

老师 同学们，现在我们来到了周敦颐展厅，你们还记得他吗? 知道他写过什么文章吗?

学生1 我知道! 他写过《爱莲说》!（学生都举手）

老师 那我们一起来唱一下吧!

老师 水陆草木之花，可爱者甚蕃，晋陶渊明独爱菊。

学生们 自李唐来，世人甚爱牡丹。

老师、学生 予独爱莲之出淤泥而不染，濯清涟而不妖。

学生1 中通外直。

学生2 不蔓不枝。

学生3 香远益清。

学生们 亭亭净植。

老师、学生 可远观而不可亵玩焉。

周敦颐 甚好，甚好，那我就放心了!

妈妈 那晚辈就先行告退了。

AI 讲解员 廉洁文化贯通古今，让我们以这些先贤为榜样，时刻铭记他们淡泊明志、清正廉洁的品质。

妈妈 你记得他吗? 屈原是最早提出"廉洁"一词的人。

屈原 宁廉洁正直以自清乎，将突梯滑稽，如脂如韦，以洁楹乎?

（刘宠手举一文钱币经过）

女儿 妈妈，我记得他！他是"一钱太守"。

刘宠 居官莫道一钱轻，尽是苍生血作成。向使特来抛海底，莒波赢得有清名。

（周敦颐上场，缓缓地）

周敦颐 予独爱莲之……

女儿 哇哦，妈妈，我好像知道什么是廉洁了！

妈妈 看来今天的参观很有意义哦！我们在缅怀这些伟大人物的同时，要时刻将廉洁二字铭刻在心间，做廉洁文化的传承者。

AI 讲解员 本次时光之旅到这里就结束了，期待我们下一次相遇！

创作来源 《爱莲说》

爱莲说（节选）
［北宋］周敦颐

予独爱莲之出淤泥而不染，濯清涟而不妖，中通外直，不蔓不枝，香远益清，亭亭净植，可远观而不可亵玩焉。

译文

我唯独喜爱莲花从淤泥中长出却不被污染，经过清水的洗涤却不显得妖艳。它的茎内空外直，不生蔓不长枝，香气远播更加清香，笔直洁净地立在水中。人们只能远远地观赏而不能靠近玩弄它啊。

创 作 感 想

　　我们以现代人参观"未来博物馆"为背景，用现代科技 AI 解说，为参观者介绍博物馆中的历史人物，实现历史与现代、古与今的对话。从屈原朗诵《卜居》开始，从辞赋中的"宁廉洁正直以自清乎"点出"廉洁"一词，到会稽太守刘宠的故事，描绘出"一钱太守"的清廉形象。最后以大家耳熟能详的《爱莲说》结束。让一个个清正廉洁的形象跃然眼前，使参观者深受教育。古往今来，有多少如屈原、刘宠这般清正廉洁、务实为民的清官廉吏受到百姓的崇敬与爱戴，他们的形象深入人心，他们的故事被久久传颂。我们组借廉洁博物馆这一新颖的形式来展开对廉洁人物的述说。在故事中，我们不仅有对人物事迹的介绍，还有观者与古人的对话，体现了廉洁文化从古至今的薪火相传，也彰显出廉洁文化的持久魅力。我们想，无论历史如何变迁，无论时代怎样发展，廉洁清正永远是时代的呼唤，勤政廉政永远是人民的期盼。

以"史"鉴廉

胡雨萌

剧情梗概

　　司马迁，字子长，西汉史学家、文学家、思想家。他以"究天人之际，通古今之变，成一家之言"的精神创作了中国第一部纪传体通史《史记》。该书被公认为是中国史书的典范，是"二十四史"之首，被鲁迅誉为"史家之绝唱，无韵之离骚"。本剧以古今对话的形式，穿越历史，以子产、屈原、公仪休三位《史记》中的廉洁人物为代表，与《史记》的作者司马迁展开了一场关于廉洁文化的大讨论。

剧情人物

司马迁、屈原、小孩、娘亲、宋玉、家人、张仪、公仪休、子明、子产儿子、管家、百姓1、百姓2、学生1、学生2、学生3、学生4、学生5、学生6

朝代

先秦、汉朝、现代

《以"史"鉴廉》小组彩排花絮

（双时空对话）

旁白 《吕氏春秋》记载黄帝之言曰："声禁重，色禁重，衣禁重，香禁重，味禁重，室禁重。"禁重，有禁奢侈靡费之意。自黄帝对百官做出节俭朴素、反对奢靡的要求，告知了廉则兴、贪则衰，俭则兴、奢则衰的道理起，就奠定了中华民族简政善政的底色。

司马迁 孔子云："君子爱财，取之有道。"若临大利而不易其义，可谓廉矣。

旁白 欲望的沟壑不会消失，然而几千年来，却仍然有无数清正之士用自己的脊梁筑起桥锁，盼后人再看见这吹拂着浩然长风的桥锁时能不为利益所动，奉守己身。因为他们知道那沟壑中藏着怎样的怪物，会吞噬人心，蚕食国本。请教司马迁先生，对"廉洁"有何见解？

司马迁 世有欲，欲而不知止，失其所以欲；有而不知足，失其所以有。亦有清醒之人如屈原正道直行，竭忠尽智……其志洁，故其称物芳；其行廉，故死而不容。

旁白 当时秦国要攻打齐国，但齐国与楚国联手共同防御秦国的攻击，秦国特地让张仪前来楚国当说客，来瓦解齐楚联盟。

第一幕 张仪行贿

屈原 （执卷诵读，踱步）后皇嘉树，橘徕服兮。受命不迁，生南

国兮……

宋玉 （恭顺，抱拳打断）先生，学生打扰了！

屈原 哦，有事吗？

宋玉 有客来访，秦国的使臣张仪求见。

屈原 （反感）张仪？

宋玉 （劝）先生，张仪亲自到访，不见恐怕有失风度。

屈原 好吧，请他进来！

宋玉 是，先生请稍等片刻！

屈原 （客套，作揖）不知今日有贵客来访，有失远迎，还请见谅！先

生请！

张仪 （夸张、奉承）屈原先生！久仰先生的道德文章，冠绝天下！今

日瞻仰风采，果然名不虚传！

屈原 （客套、作揖）哪里哪里……不知张丞相此次来访，有何贵干？

张仪 （语调夸张）先生真是一位顶天立地的人物啊！自从先生担任楚

国左徒以来，励精图治，变法图强。楚国已成为当今天下国

力仅次于秦国的国家。可如今贵国与齐国联盟，和我们秦国

为敌，先生真是有负于祖国啊！

屈原 （诧异）此话怎讲？

张仪 （分析语气）左徒大人自然知晓。当今秦国地半天下、兵敌六

国，更有战车千乘、雄师百万！秦国的大军所向披靡，天下

无敌! 在此强弱分明的形势下, 楚国遵循先生的主张, 不但不与秦国修好, 反而联齐抗秦! 这么做岂不是置楚国安危于不顾吗?

屈原 哼……张仪先生言过其实了吧!

张仪 怎么? 先生有何高见?

屈原 假使秦国置楚齐联盟于不顾, 全力进攻楚国, 楚国和齐国定会上下一心, 同舟共济! 绝不会坐以待毙! 就算秦国拥有军士百余万、战车千万乘, 就算秦国法度严明、仓廪充足, 可任凭贵国国大兵强, 但谁又能说, 这统一大业, 一定就是让秦国独享的了?

张仪 (尴尬) 这……这……哈哈哈哈……屈原先生的唇枪舌剑真是叫张某甘拜下风啊! 来人啊! 把东西拿上来!

屈原 这是——(拉长)

张仪 鄙国国君十分仰慕先生。这是他托我奉上的白玉璧一对, 还望先生笑纳!

屈原 (义正词严) 这玉璧我是绝对不会收的, 请你转告贵国君王, 楚国不是朝三暮四之国! 楚齐联盟的主张绝不会改变!

张仪 (不悦) 哼! 屈原先生所言未免太过自信了吧! 张某先告辞了!

屈原 (怒) 居然想以玉璧行贿赂之事破坏楚齐联盟, 无耻啊……宋玉, 赶快把这礼物送回去! 快!

宋玉 先生, 学生以为, 张丞相既然已经送来了, 也就不用再……

屈原 放肆, 为君子者当廉洁正直以自清, 无从俗富贵以偷生, 你都白学了吗?

宋玉 (顿了一下, 似乎是隐忍) 是! 先生!

第二幕 宋玉受贿

旁白 宋玉见屈原对宝物不动心,自己却心生贪念,便私下去见张仪。

侍卫 报,张先生,宋玉求见。

张仪 让他进来。

（侍卫带着宋玉入内,宋玉一脸谄媚地凑了上去）

张仪 宋玉,你是个聪明人,屈原不肯卖国求荣,楚国大势已去,

不知你对此有何打算?

宋玉 丞相大人,在下深知屈原刚正不屈,不愿行此卖国求荣之事。

张仪 哦,那这么说,你也要与本官为敌了?

宋玉 非也。屈原愚直,下官却知识时务者为俊杰。只要丞相许我

所愿,我必跟随丞相左右,为丞相效犬马之劳。

张仪 你放心,只要你为本官效力,本官绝不会亏待你的。(重重地拍

了拍宋玉的肩膀)

宋玉 谢丞相栽培!

《以"史"鉴廉》小组彩排花絮

第三幕 屈原投江

旁白 秦襄王二十一年，秦起进攻楚国，占领郢都，楚国的宗庙和陵墓都被毁了。楚国要亡了！屈原决定回到郢都去，哪怕是死也要死在出生的土地上。他头也不梳，脸也不洗，昏昏沉沉地走了几天，到了汨罗江边。他在清澈的江水里看见了自己的满头白发，心里像江水中的波浪一样翻腾起来。

屈原 富贵权势，脚下黎民……余宁溘死以流亡兮，不忍为此态也，况伏清白以死直兮，固前圣之所厚。(苦笑)上苍啊，世浑浊莫吾知，人心不可谓。知死不可让，愿勿爱兮。明告君子，吾将以为类兮。

旁白 "亦余心之所善兮，虽九死其犹未悔。"屈原就是这样一个英雄啊。

司马迁 除了屈原，亦有公仪休为廉洁表率。公仪休"奉法循理之吏，不伐功矜能，百姓无称，亦无过行"。

第四幕 公仪休拒鱼

旁白 据说鲁国丞相公仪休非常爱吃鱼，几乎达到了每日无鱼不欢的地步。所有认识他或者有求于他的人，都会争着买鱼去送给他。每天清晨，他的门前都聚满了送鱼的人，简直成了鱼市场。有一天公仪休的学生子明来拜访他。

（子明拜访老师公仪休，见老师不在，便坐下读书）

公仪休 （一进房，见子明已在房中）子明，你已经来了好久了吧?

子明 （忙起身向老师行礼）老师，我刚来一会儿，您吃过饭了吧?

公仪休 嗯，刚吃过。（停顿回味）鲤鱼的味道实在是鲜美呀! 我已经很久没吃鱼了，今天买了一条，一顿就吃光了。

子明 （点点头应道）是的，鱼的确好吃。

公仪休 （哈哈大笑）只要天天有鱼吃，我也就心满意足了。

小厮 （高喊）有一位管家求见!

公仪休 子明，烦你去看一下，是谁来了。

旁白 子明出门去看。过了一会儿，只见他领着管家进门，那管家手里正提着两条大鲤鱼。

管家 （满脸堆笑）大人，我家主人说，您为国为民日夜操劳，真是太辛苦了! 特叫小人送两条活鲤鱼，给大人补补身子。

公仪休 （推辞）谢谢你家大人的盛情，可这鱼我不能收! 你不知道，现在我一闻到鱼的味道就感到不适。请你务必转告你家大人。

（子明不解地望了望公仪休，管家无可奈何地摇了摇头，提着鲤鱼离开）

子明 （奇怪地问）老师，您不是很喜欢吃鱼的吗? 现在有人送鱼来，您却不接受，这是为什么呢?

公仪休 （语重心长）正因为我喜欢吃鱼，所以才不能收人家的鱼。你想，如果我收了人家的鱼，那就要照人家的意思办事，这样就难免要违反国家的法纪。如果我犯了法，成了罪人，还吃得上鱼吗? 现在想吃鱼就自己去买，不就能一直有鱼吃吗?

子明 （恍然大悟）老师，您说得对，今后我一定照着您的样子去做。

第五幕　子产之子对话司马迁

司马迁 孟子曾说"鱼与熊掌不可兼得"，公仪休在国家法纪和口腹之欲之间果断选择了前者，不愧是廉洁之表率。

子产儿子 （走过来说）在说什么?

司马迁 在说廉洁人物。

子产儿子 说起来，家父一生为官，也是两袖清风，廉洁奉公呢!

司马迁 你父亲也是吗?

子产儿子 嗯! 怎么不算呢?

第六幕　百姓盛赞子产

百姓 1 唉……

百姓 2 你怎么了，一直叹气?

百姓1 你还没听说么，子产相公，他去了。

百姓2 啊？子产丢下了我们，以后谁来管我们哪？

百姓1 （哭腔）可怜他一生廉洁奉公，爱惜民力。前几年，他还将自己的钱物都捐给了生活困难的孤苦老人。如今他家无余财，不能安葬，真是令人惋惜啊！

百姓2 唉，那不如我们捐一些钱财给他的儿子，好让子产走得体面些啊。

（子产儿子背筐走来）

家人 （哭诉）你父亲位极人臣，却一生贫困，到头来连个棺材钱都没留下。

子产儿子 住口！父亲二十年来廉洁爱民，不殖财货。为田洫，存乡校，作丘赋，铸刑鼎。苟利社稷，生死以之。更何况他推崇薄葬，我自当满足。

（百姓上）

百姓2 国参公子，郑相悲去，又闻丞相清贫如洗，无以为殓，我们众人感其恩德，希望为丞相的身后事略尽绵薄之力。

百姓1 请您务必收下。

子产儿子 万万不可。我父亲生前尽其本分，为国为民，我相信他也不希望因为他的身后事而使百姓破财。

百姓1 既然如此，不如我们将心意投入这条郑相封邑的河水中，来感怀他的恩德。

（作投状）

小孩 快看！这条河变成金色的了。

娘亲 是啊，这都是百姓对子产的爱戴之情啊。你也要好好读书，日后做一个像子产那样廉洁奉公，对社会有爱、有益之人。

第七幕 学生赞叹

学生1、2 安能以身之察察，受物之汶汶者乎？宁赴湘流，葬于江鱼之腹中。安能以皓皓之白，而蒙世俗之尘埃乎？

学生3、4 园中岂无葵，相公奈何饥。相君即无衣，不爱室中机。相君千万岁，请治相君栖。桓公霸诸侯，管氏有三归。

学生5、6 清风两袖朝天去，不带江南一寸棉。惭愧士民相饯送，马前洒泪注如泉。

学生们 廉而正，生命如垒石积山让后人景仰；贪亦邪，行为似蝼蚁蛀堤为世人唾讽。

创作来源 《史记》《离骚》《九章·橘颂》《九章·怀沙》《卜居》等

创 作 感 想

　　我们以向司马迁问廉洁为主线，从《史记》中选取了屈原、公休仪和子产三位历史人物，采用双时空对话的形式，展开现代人和司马迁的交流。串词以现代人和司马迁的对话来体现，并采用文言文和白话文交替的方式，借现代人询问司马迁问题，引出三位历史人物的廉洁故事。每个小故事结束后，借司马迁

《史记》中对人物的评价来总结人物的廉洁精神，架起古今廉洁文化的桥梁。我们在收集历史资料、创作剧本的过程中，深深被这些历史人物、古代贤哲的风骨和高洁品质感动。如屈原唇枪舌剑抵御说客的攻势，虽终遭迫害，却留下"宁廉洁正直以自清"的风采，流芳百世。如子产死后，家无余财，百姓对他的感怀，以及子产儿子在家境清贫的情况下，秉持父亲的教导，不收百姓一分一厘的故事。公休仪拒鱼的故事，让我们深刻体会到鱼虽小，但贪小而失大节的道理。无论是屈原爱国爱民的气节还是公休仪拒鱼的生活小节，都时时刻刻警醒我们"勿以善小而不为，勿以恶小而为之"。

爱"廉"说

宋佳媛

剧情梗概

　　有三名书生正在讨论何谓"廉洁"，他们以廉洁为题，作起了飞花令，恰巧谈论到周敦颐的《爱莲说》。本剧以《爱莲说》一文为朗诵词，串联起两个小剧场：其一是爱菊的陶渊明不为五斗米折腰，毅然辞官的故事；其二是捕蛇户龚三强占新娘不成，在新婚夜毒害新郎，却嫁祸给新娘，后经朝廷新任知县重新调查，才得以真相大白，并将龚三绳之以法的故事。

剧情人物

陶渊明、龚三、新娘、知县、新知县、捕头

朝代

架空

《爱"廉"说》小组彩排花絮

第一幕　陶渊明小剧场

旁白　水陆草木之花，可爱者甚蕃。晋陶渊明独爱菊。菊，花之隐逸者也。

官吏　（从远处飞奔来，大喊，手往陶渊明方向伸）陶县令！李督邮来检查公务，已到达县衙，让您马上过去！

陶渊明　（生气）哼！这种无耻小人！我不能为了五斗米的俸禄，向这小人弯腰！这个县令的官，我不当也罢！

旁白　说罢，陶渊明取出官印封好，结束了八十一天的县令生涯。自李唐来，世人甚爱牡丹。牡丹，花之富贵者也。

第二幕　知县断案

旁白　一个乡绅和漂亮的姑娘成亲了，但在洞房花烛夜乡绅突然身亡。

（新娘从门外跑进来，神态悲怆、着急，满眼泪水）

新娘　（带着哭腔）大人，请您一定要还我家相公一个公道！

捕头　（不紧不慢地走出）何人在此喧哗？

新娘 （着急、满眼泪水）我家相公在新婚之夜死于非命，请您一定要为小女做主！

捕头 （不紧不慢）姑娘且先回家，吾等定会查清真相，还你相公一个公道。

（捕头带人到乡绅家）

捕头 （查看尸体）此为蛇毒所致。

旁白 龚三害怕知县查到自己头上，带上银两悄悄来到知县府门口。

龚三 （悄悄凑近家丁，神情狡黠，作哈腰状）小人有事求见知县，小小心意，请您笑纳。

家丁 （接过，藏好）进去吧。

旁白 龚三来到知县府内，见到县官。

龚三 （谄媚）一直听闻知县大人高大威武，尤擅断案，如今真是百闻不如一见。

知县 （含蓄地笑）谬赞了，谬赞了。

龚三 我一路走来，府上景色秀丽，颇有雅趣，府内清静淡雅，唯独有处遗憾，不知当讲不当讲？

知县 （大手一挥）但说无妨。

龚三 小人近日偶得一套紫砂壶茶具，如果大人不介意的话，改日我就亲自送到您府上。

知县 （心情大好）你有心了。

龚三 （小心翼翼）小人有一事相求。听闻知县大人最近在查案？

知县 （点头）哦——你说的是乡绅的案子啊，你小子胆子可真够大的。

龚三 （点头）那这件案子……

知县 好说好说。

龚三 （如获大赦）那就不打扰知县大人了，小人先行告退。

旁白 知县收了钱，一心只想把案子了结，于是严刑逼供新娘，新娘不堪严刑，便签了认罪书，知县下令秋后问斩。

旁白 龚三刚打点好一切，知县因为经常贪污受贿以致造成不少冤案，老百姓联名上书恳求朝廷还他们一个清白。由此，知县被暂时收监，朝廷直接委派新任知县重新审案。

新知县 升堂，带犯人！

（新娘面色惨白，绝望地被押送进堂，当即跪下）

新知县 （正直且威严）经前任知县查探，你相公是由于喝了毒酒而死，此前你已对罪行供认不讳，你可知罪？

新娘 （啜泣，低声）小女……小女知……知罪，恳请大人别再为难小女了。

新知县 （目光一凝）抬头！

（新娘颤颤巍巍地抬起头来）

新知县 （清了清嗓子）本官来此为民伸冤，若有冤情，你大可一说。

新娘 （看了看新知县，面露希冀）我相公的死与我毫无干系，小女不堪忍受牢狱之辱，严刑逼供之下，才不得不招。

旁白 新知县认为此案疑点重重，又展开了一系列调查，发现是养蛇户龚三毒害了新郎。此时龚三又带着许多银两，妄图故技重施，却被拒之门外。

新知县 升堂！带龚三上堂！

新知县 （醒木重拍案板）你可知罪？

龚三 （颤颤巍巍）草民不知。

新知县 （拿出一个小竹篮）你可识得此物？

龚三 （心中一惊）此为装蛇的篮子。大人拿出此物是何意？

新知县 （拿出证据）此乃本官在婚礼现场的酒桌边找到的，你还有何话可说？

龚三 （强装镇定）这养蛇篮子卖蛇人家都有，再普通不过了。大人凭什么认定是草民的？

新知县 （再拍案板，怒目而视）据本县所知，市面上的竹篮编法各不相同，这种编法的竹篮，是你家独有！

龚三 （身子一软）草民知……知……知……知罪，望大人宽恕！

旁白 龚三随后如实招供。原来他因贪图新娘美色，喜宴当晚，酒后微醺，一时念起就恶向胆边生，想毒害新郎，强抢新娘。

第三幕 齐诵《爱莲说》

（大家齐声吟诵《爱莲说》）

【愛蓮說·周敦頤】

水陸草木之花，可愛者甚蕃。晉陶淵明獨愛菊。自李唐來，世人甚愛牡丹。予獨愛蓮之出淤泥而不染，濯清漣而不妖，中通外直，不蔓不枝，香遠益清，亭亭淨植，可遠觀而不可褻玩焉。

予謂菊，花之隱逸者也；牡丹，花之富貴者也；蓮，花之君子者也。噫！菊之愛，陶後鮮有聞。蓮之愛，同予者何人？牡丹之愛，宜乎眾矣。

枚奇連孟清泮泮框可遠觀而不可褻玩焉之愛宜乎眾矣趙州府忠記有愛連書院愛連書院在城北其地原為哲學試院有周茂叔連池遺迹

歲在庚子陳平磊書

爱莲说

［北宋］周敦颐

　　水陆草木之花，可爱者甚蕃。晋陶渊明独爱菊。自李唐来，世人甚爱牡丹。予独爱莲之出淤泥而不染，濯清涟而不妖，中通外直，不蔓不枝，香远益清，亭亭净植，可远观而不可亵玩焉。

　　予谓菊，花之隐逸者也；牡丹，花之富贵者也；莲，花之君子者也。噫！菊之爱，陶后鲜有闻。莲之爱，同予者何人？牡丹之爱，宜乎众矣！

译文

　　水上、陆地上各种草本木本的花，值得喜爱的非常多。晋代的陶渊明唯独喜爱菊花。从李氏唐朝以来，世人大多喜爱牡丹。我唯独喜爱莲花从积存的淤泥中长出却不被污染，经过清水的洗涤却不显得妖艳。（它的茎）中间贯通外形挺直，不生蔓，也不长枝。香气传播更加清香，笔直洁净地竖立在水中。（人们）可以远远地观赏（莲），而不可轻易地玩弄它啊。

　　我认为菊花是花中的隐士；牡丹，是花中的富贵者；莲花，是花中的君子。唉！对于菊花的喜爱，在陶渊明以后很少听到了。对于莲花的喜爱，和我一样的还有谁？（对于）牡丹的喜爱，人数当然就很多了！

创 作 感 想

中国的廉洁文化源远流长，早在《周礼》中就载有"六廉"，并提出"以廉为本"的理念。所谓"六廉"，一曰廉善，二曰廉能，三曰廉敬，四曰廉正，五曰廉法，六曰廉辨。周敦颐也被世人评价为"至廉""清尚""廉士"。他的《爱莲说》为大家所熟知，这篇短小精悍的小品文，不仅说到了莲，而且说到了菊，说到了牡丹；不仅说到了宋朝，还说到了晋、唐，字字精炼，句句直抒君子之志、廉洁之意。如"出淤泥而不染，濯清涟而不妖""中通外直，不蔓不枝，香远益清，亭亭净植"等，大力张扬了居官为政廉洁清正、洁身自好的品质。我们以《爱莲说》的朗诵串联起了两个小剧场。以前后两任知县断案对比，告诫世人切不可因贪一时钱财而迷失了自我的判断，丧失了为官为人的道德底线和职业操守。也告诫我们无论是做人还是为官，均应学习如莲花般忠贞不渝、洁身自好、旷达坦荡。

"廉志"变形记

杨 阳

剧情梗概

　　贪官廉志贪污受贿，见钱眼开，当地百姓苦不堪言。一天夜里，廉志做了两个梦，梦里，他回到了小时候，见到了淡泊爱民的陶渊明，发誓要做一个像陶渊明那样不屈于权贵，不为"五斗米折腰"的正直之人。他还梦见了范仲淹，并深受范仲淹"先天下之忧而忧"的爱国情怀影响，改邪归正，投入治水救灾之中，为百姓谋幸福。

剧情人物

说书人、廉志、梅范迟、金万两、范仲淹、范仲淹同僚、衙役、小廉志、教书先生

朝代

架空

《"廉志"变形记》小组彩排花絮

第一幕 梅范迟状告富人金万两

说书人 今儿个，我来给大家说道说道一个传奇人物。话说这江南地界，有一个县令，姓廉名志，是廉洁的廉，志向的志，这名儿是个好名儿，可这小官的为人哪，您猜怎么着，跟这"廉洁"二字是一点边儿都不沾哪，在这官场中啊，那是老油条一个！这见钱眼开的事儿可是没少干，县城里的百姓都有苦难言哪。可这小贪官做了两个梦之后，竟然改邪归正，成了远近闻名的清官了，您说稀奇不稀奇？这贪官到底是做了什么梦呢？这梦里遇上了什么人？他又为什么改邪归正了呢？您且听我慢慢道来。这第一个梦啊，还得从一桩案子说起。您瞧，这公堂之上，有人告状了！

衙役 威——武——

廉志 堂下何人？

梅范迟 （扑通跪下）草民梅范迟！要状告富人金万两，拖欠草民月钱已久，万不得已，特此状告。（说完磕头，双手奉上血书）

廉志 呈上来吧。

（廉志差人将血书递上来，并草草看了一眼）

廉志 你既说金老爷拖欠你月钱，可有字据为证？

梅范迟 啊？（疑惑）草民长这么大，从未听说去府上做工还要立字据啊！这金万两横行霸道、拖欠工钱不是一日两日了，全县的百姓都看在眼里啊，乡亲们说是不是！（带些口音，转身用手指向围观百姓）

《"廉志"变形记》小组彩排花絮

（百姓们议论纷纷）

廉志 肃静！公堂之上岂容尔等撒野！既无字据，你这就是污告！来人！拖下去打入大牢！

（两个衙役拖着梅范迟向左走，梅范迟边走边哭喊）

梅范迟 大人！冤枉啊！大人！草民所说句句属实啊！

金万两 廉大人真是断得好案啊！（拱手摇一摇）这是小人的一点点心意，还请大人笑纳。（把钱放在桌子上）

（廉志摆摆手）

第二幕 入梦

说书人 这天晚上，廉志睡下之后，就开始做梦……

（入夜，廉志入梦。教书先生站在教室中央，三个学童斜坐着）

教书先生 不戚戚于贫贱，不汲汲于富贵。

（学童摇头晃脑，齐声读："不戚戚于贫贱，不汲汲于富贵……"）

小廉志 我以后一定要做五柳先生这样品行高洁的人！

廉志 （走到面前）这不是年幼时的我吗？（自言自语）想来我初入官场时也是满腔热血，立志要做像陶渊明先生这样的人，在官场中却慢慢地随波逐流，竟成了幼时最痛恨的模样，做出今日堂上那番荒唐事，那苦主又何错之有呢？（大叹一口气）哎！糊涂啊！

第三幕　范仲淹先天下之忧而忧

说书人 第二天，廉志梦醒，想起这梦中的种种，想起自己曾经的志向，不由得悔不当初，想着重拾自己的初心，将前一日的案子重新审过，那金万两从此失去了庇护。故事到这儿还不算完，正可谓一波未平，一波又起。这桩案子结了没几天，那个县城发生了洪灾，庄稼被淹。廉志跟个没头苍蝇似的，只管把自个儿的肚子填饱，压根儿顾不上百姓的死活，那叫一个民不聊生啊。这不，晚上，他又做了个梦……

（廉志在天上看，范仲淹及其同僚边走边说）

范仲淹同僚 苏州水患，大量良田被淹，受灾十万余户，范大人此次临危受命责任重大，此去不知有何打算？

范仲淹 农业为天下之本，中原沃土，江南米乡，皆膏腴千里，乃国之仓廪。如今我临危受命，"修水旱之防，收天地之利"乃第一要事！我意欲于各个支流处设置闸口，旱灾开闸灌溉以惠民生，洪灾关闸以安民心！以工代赈，凡是修水利的饥民，每天给米五升！若能如愿，那便真的是固本安民啊！

范仲淹同僚 希文兄真乃"先天下之忧而忧，后天下之乐而乐"。

廉志 范大人真是为国为民的好官呐！在灾祸面前一心为民才是真正的好官！

说书人 这县令真心敬佩范仲淹忧国忧民的品质，对自己的不作为悔恨不已。一醒过来，就开始组织百姓抗洪救灾，不光把水患给治好了，还吩咐那富人金万两先把囤的粮食分发给百姓。

梅范迟 这廉大人真是个好官了啊！

《"廉志"变形记》小组彩排花絮

廉志 眼看治水工程即将完工，我们县定会有一番新气象！

第四幕 庆祝洪灾得平

说书人 洪灾终于过去，为了庆祝成功地渡过这场灾祸，县城特地举办了一场别开生面的宴会，官民同乐，您听……

（音乐起，有琵琶声，有歌声）

第五幕 落幕

说书人 要说这廉志能有如此变化，多亏了这两个稀奇的梦。在这两个梦里，他先是遇见了"不戚戚于贫贱，不汲汲于富贵"的陶渊明，完成了在物欲上的转变；后又遇见了"先天下之忧而忧，后天下之乐而乐"的范仲淹，实现了从为己到为民精神上的飞跃。这两句诗啊，蕴含了"清廉"和"高洁"的美意，也让廉志对得起"廉""志"二字。

今儿个的故事就唠到这，咱们下回再会。

创作来源　　《五柳先生传》《岳阳楼记》

创作感想

　　我们以小剧场的形式展开，其中穿插古典诗文、评书、歌曲、舞蹈等多种元素，呈现丰富的节目效果。我们以地方县令廉志在官场上的善恶变化来突出廉洁主题，以达到警醒世人的目的。故事讲述了县令廉志在地方治理上无所作为，在判案时收受富人金万两的贿赂欺压百姓，通过第一个梦回忆起幼时的志向，决定"不戚戚于贫贱，不汲汲于富贵"，成为像陶渊明一样的好官；在面对洪灾时，县令廉志通过第二个梦学习了范仲淹"先天下之忧而忧，后天下之乐而乐"的宝贵品质，联合地方富人和百姓一起抗洪救灾，成为忧国忧民的好官。从恶到善，从无所作为到为国为民，从贪官到清官的变化，都贯彻了"廉洁"的文化内涵——不接受他人馈赠的钱财礼物谓之"廉"，不让自己清白的品格受到玷污谓之"洁"。这些廉洁的品质，虽经历史变迁、时代变化，"廉洁"的内涵也在不断丰富，虽然随着历史变迁，时代变化，廉洁的内涵也在不断丰富，但清白为人、清廉为官的品质亘古不变，历久弥新。我们当代青年承载着中华民族伟大复兴的中国梦的使命，是社会主义事业的建设者和接班人，必须牢固树立起以贪为耻、以廉为荣的价值观，坚守廉洁为本的初心。

有一种孝顺叫廉洁

朱思佳

剧情梗概

小柒与小玲争执晟哥从古玩市场上淘回的《怀橘》是否为真作，进而引出了有关孝顺是否为廉洁的争执。从陆绩怀橘到《慈乌夜啼》的朗诵到《游子吟》的吟唱，从两位文人的"孝"字飞花令，到孝廉赋的当场创作，小柒与小玲对于孝顺与廉洁的关系也有了更深入的理解。

剧情人物

陆绩、陆母、朗诵者、演唱者、诗人1、诗人2

朝代

晋朝、唐朝、清末

《有一种孝顺叫廉洁》小组彩排花絮

第一幕 陆绩怀橘

陆绩 （母亲站在楼上张望，陆绩从远处跑来）娘，给，我给你带了橘子。

陆母 哦？哪来的橘子？

陆绩 今天袁大人请我去做客，桌上正好有一盘橘子，我想起娘爱吃橘子，便给您拿了三个回来。

陆母 （摸摸陆绩的头）你真不愧是个孝顺的孩子。只是为娘觉得呀，这橘子并非咱们家的东西，如果要给娘带回来，得经过主人家同意才好呢。（语重心长地说）

陆绩 可是，我正要起身告辞的时候，橘子从我怀里滚出来，袁大人瞧见了，他还夸我孝顺呢！

陆母 （皱起眉）娘是要你记住，（指一下陆绩）非己切莫贪，（两手合起来放中间）不是自己的东西可千万不能要。

陆绩 嗯，娘，我记住了！（低头沉思）非己切莫贪，宝物各珍藏。（陆绩摇头晃脑地吟诵起来）

《有一种孝顺叫廉洁》小组彩排花絮

朗诵者 慈乌失其母，哑哑吐哀音。昼夜不飞去，经年守故林。夜夜夜半啼，闻者为沾襟。声中如告诉，未尽反哺心。百鸟岂无母，尔独哀怨深。应是母慈重，使尔悲不任。昔有吴起者，母殁丧不临。嗟哉斯徒辈，其心不如禽。慈乌复慈乌，鸟中之曾参。

演唱者 慈母手中线，游子身上衣。临行密密缝，意恐迟迟归。谁言寸草心，报得三春晖。

《有一种孝顺叫廉洁》小组彩排花絮

第二幕 两诗人论"孝"

诗人1 孝敬父母是各种美德中占第一位的。

诗人2 不错，孝道是维系人类繁衍生息的基本伦理之一。作为儿女的我们理应坚守孝道。

诗人1 中国古代政治伦理著作《孝经》中孝道和孝治的思想乃是历代儒客所必须研习的核心。

诗人2 所以，尊敬父母、敬爱长辈的社会该是多么祥和美好哇!

诗人1 诚然忠孝两难全，但也有木兰等人，如此气节情操，实属可贵!

诗人2 (点头附和)所以古人还发明了一个词叫"孝廉船"。这个"孝廉船"啊，是对有才识之士的美称。你知道它的出处吗?

诗人1 我能不知道吗? 它出自《世说新语》。我还知道南宋文学家杨万里的诗句呢: "春风吹开孝廉船，撞星犯斗上九天。"

诗人2 你这倒是把我想到的先说了。(沉思一会)我再来给你对一个: "颇讶徐孝廉，得闲能几许。"

《有一种孝顺叫廉洁》小组彩排花絮

诗人1 这是苏轼的《徐大正闲轩》吧。（两人相视一笑）

创作来源 《三国志·陆绩传》《慈乌夜啼》
《游子吟》

三国志·陆绩传（节选）

陆绩，三国时吴人也。官至太守，精于天文、历法。其父康，曾为庐州太守，与袁术交好。绩年六，于九江见袁术。术令人出橘食之。绩怀三枚，临行拜辞术，而橘坠地。术笑曰："陆郎作客而怀橘，何为耶？"绩跪对曰："是橘甘，欲怀而遗母。"术曰："陆郎幼而知孝，大必成才。"术奇之，后常称说。

译文

陆绩，三国时期吴国人。他的官职做到了太守，精通天文和历法。他的父亲陆康曾经担任庐州太守并与袁术往来密切。陆绩六岁时，在九江拜见袁术。袁术让人拿出橘子给他吃。陆绩在怀里藏了三个橘子。临走告辞时，怀里的橘子掉到地上。袁术笑着说："陆绩你来做客为什么要在怀里藏橘子呢？"陆绩跪在地上，回答道："这橘子很甜，我想留给母亲吃。"袁术说："陆郎这么小就知道孝敬，长大后一定会成才。"袁术感到惊奇，后来常常称道此事。

慈乌夜啼

[唐] 白居易

慈乌失其母，哑哑吐哀音。昼夜不飞去，经年守故林。

夜夜夜半啼，闻者为沾襟。声中如告诉，未尽反哺心。

百鸟岂无母，尔独哀怨深。应是母慈重，使尔悲不任。

昔有吴起者，母殁丧不临。嗟哉斯徒辈，其心不如禽。

慈乌复慈乌，鸟中之曾参。

译文

慈乌失去了它的母亲，哀伤得一直哑哑啼哭，早晚守着旧树林，整年都不肯飞离。每天半夜都哀哀啼哭，听到的人也忍不住泪湿衣襟，慈乌的啼哭声仿佛在哀诉着自己未能及时尽到反哺孝养之心。其他各种鸟类难道没有母亲，为什么只有慈乌你特别哀怨？想必是母恩深重使你承受不住吧！以前有位名叫吴起的人，母亲去世竟不奔丧。哀叹这类人，他们的心真是禽兽不如啊！慈乌啊慈乌！你真是鸟类中的曾参啊！

游子吟

[唐] 孟郊

慈母手中线，游子身上衣。

临行密密缝，意恐迟迟归。

谁言寸草心，报得三春晖。

慈母用手中的针线，为远行的儿子赶制身上的衣衫。临行前一针针密密地缝缀，怕的是儿子回来得晚衣服破损。有谁敢说，子女像小草那样微弱的孝心，报答得了像春晖普泽般的慈母恩情呢？

创 作 感 想

“不受曰廉，不污曰洁”，我们谈及廉洁时，就会想到为官清正、为人正直的人，比如屈原、苏东坡、陶渊明等。俗话说“百善孝为先”，孝顺和廉洁看似没有什么联系，其实不然。秦汉以前，“孝”和“廉”还只是毫无联系的两个字。然早期儒家的孝道思想，以处理家庭关系为核心，引申到社会关系和政治活动之中，已经有了与从政结合的迹象，到汉代更是将“孝廉”作为选拔官员的一个标准。而把“贪”作为为官者最大的不孝。“德有伤，贻亲羞”，贪污腐化，不仅违背了自身的道德良知，更是对整个家庭造成了伤害。所以孝也是廉的一个方面。“孝悌忠信礼义廉耻”，没有“廉”，只能空谈“孝”，也谈不上真的“孝”。

以清述廉

缪 颜

剧情梗概

于谦，字廷益，明朝名臣。他年少有为，二十三岁考中进士，走上了为官之路。他为官清明，刚正不阿，解百姓之难，抚百姓之苦，深得民心，遂被贫苦百姓称为"于青天"。他每次进京总是空手而去，有人劝他带点土特产表表人情，他常笑着举起袖子说："我带着两袖清风！"本剧就从于谦"两袖清风"的故事开始，到郑板桥的书画作品，到范仲淹的《岳阳楼记》，讲述于谦"但愿苍生俱饱暖，不辞辛苦出山林"的济世之心，郑板桥"衙斋卧听萧萧竹，疑是民间疾苦声。些小吾曹州县吏，一枝一叶总关情"的为民情怀，以及范仲淹"先天下之忧而忧，后天下之乐而乐"的理想抱负，最后以大家一起朗诵《陋室铭》作结，表达当代大学生对朴素、正直、坚韧、爱国等精神品质的颂扬和传承。

剧情人物

徐有贞、于谦、太监、画评人、吟诵者、小梁、小陶、班委

朝代

明朝、清朝、宋朝、现代

《以清述廉》小组彩排花絮

第一幕 清之白——"廉"之形

旁白 "粉骨碎身浑不怕，要留清白在人间。"这是明代廉吏于谦的诗句。它道出了为官清白的境界。作为"廉"之形，清白历代为正直的人们所推崇。接下来，让我们欣赏小剧场——两袖清风。

（明正统年间某个上午）

旁白 由于明宣宗朱瞻基病逝，才九岁的朱祁镇登上皇位，此后七年，张太皇太后病逝，杨荣也在几年后病逝。杨士奇和杨溥等人已经年老，对他们来说，所剩下的时日也已经不多了。但是对王振来说，此时正是他大展身手的好机会。

他作威作福，肆无忌惮地招权纳贿，百官大臣竞相献金求媚。某日，徐有贞与于谦正在门外等候见王振。

徐有贞 （拎着礼品，疑惑，在于谦四周看了看对于谦说）于兄，来拜见大人，岂有空手的道理？

于谦 （坦然自若，看了看徐永贞，转而看向远方，目光坚定）我不曾有什么金银财宝，又拿什么来送呢？

徐有贞 （劝他）您不肯送金银财宝，也该带些绢帕、蘑菇或线香略表心意啊！

于谦 （更严肃了）绢帕蘑菇与线香，本资民用反为殃。清风两袖朝天去，免得闾阎话短长。

徐有贞 （还想说什么，却只是叹了口气）唉，可这……

太监（拍一拍衣袖，大声道）请徐有贞——（拖长语调）

旁白 从此，"两袖清风"这一成语便流传开来，成了清白做人、廉洁从政的代名词，并且"两袖清风"的境界，也成了历代官吏仿效和追求的目标。

第二幕 清之贫——"廉"之志

画评人 《予告归里，画竹别潍县绅士民》，是我们小组的书法作品。该诗写的是郑板桥决定抛弃乌纱帽弃官而去，归里之时两袖清风、一贫如洗的故事。他画了一竿瘦竹，竹子能在清冷的江边作为鱼竿。当时担任潍县县令的郑板桥因为请求赈济饥民的事，得罪了上司，被罢官离开潍县。郑板桥为人正直，只关心百姓疾苦，不愿逢迎吹捧上司。他时年六十一岁，在潍县担任了七年县令，照理说，至少也该发点小财了，然而他罢官之日，却是"囊橐萧萧两袖寒"，唯有一囊书画、两袖清风，实在是廉洁的典范。清代"扬州八怪"之一的郑板桥先生善画兰竹，这是我们小组临摹的两幅郑板桥先生的作品，一幅是兰，一幅是竹。兰是"君子之花"，在莹莹花叶之间能看到君子淡泊、清廉、儒雅的品格。郑板桥爱竹，他曾引用苏东坡"宁可食无肉，不可居无竹"的话，表达自己清新恬淡的生活情趣和对竹之坚韧品质的追崇。竹子的刚劲不屈、挺拔坚毅都能够在郑板桥的一生中体现出来。郑板桥爱竹，也把自己活成了一株生活清贫、为官清廉的苍竹。而我们作为新时代的接班人、未来的人民教师，更应该学习竹的风骨，将廉洁作为一面明镜，塑造自身廉洁品格，营造社会廉洁氛围。

第三幕　清之洁——"廉"之纯

吟诵者　予观夫巴陵胜状，在洞庭一湖。衔远山，吞长江，浩浩汤汤，横无际涯，朝晖夕阴，气象万千，此则岳阳楼之大观也，前人之述备矣。然则北通巫峡，南极潇湘，迁客骚人，多会于此，览物之情，得无异乎？

嗟夫！予尝求古仁人之心，或异二者之为，何哉？不以物喜，不以己悲，居庙堂之高则忧其民，处江湖之远则忧其君。是进亦忧，退亦忧。然则何时而乐耶？其必曰"先天下之忧而忧，后天下之乐而乐"乎！噫！微斯人，吾谁与归？

旁白　文中所表现出的那种忧国忧民的崇高思想境界，以及作为一名朝廷官吏，为国、为君、为民，从政廉洁，鞠躬尽瘁、死而后已的高尚情怀，一直为人称道。

第四幕 清之正——"廉"之骨

旁白 学校一年一度的体测，想必一定是几家欢喜几家愁，谁最擅长哪个项目，谁又最担心哪个项目呢，一测见分晓。接下来，让我们一起听听小梁和小陶的一段对话。

（周六上午，小梁、小陶都坐在寝室里）

小梁 （扶额，苦恼地）好烦啊！

小陶 （看向小梁，关切地）怎么啦？

小梁 （焦躁地）哎呀，又要体测了，上次我差一点就不及格了，而且八百米那么（夸张）长，我一点儿也不想跑，唉，要是有人能帮我跑就好了。

小梁 （看向小陶，期待地）唉，小陶，你体育这么好，要不你帮我跑吧，这件事对你来说不是很容易的嘛。（抓住小陶的胳膊）

小陶 （有些慌张地）啊？这样不太好吧，而且我们昨天不是刚开了班会嘛。

小梁 （努力回忆）班会？

（小梁、小陶陷入回忆）

小陶 （坚定地）小梁，我们不能做这样的事。

小梁 （不好意思地）对不起，我对我刚刚说的话感到抱歉，我不该有投机取巧的想法。

小陶 （友好地）现在离体测还有一段时间，我们可以每天去操场跑步锻炼，我相信你一定可以的。（小陶伸出手）

小梁 （握住小陶的手）好，我们一起加油！

旁白 小梁经过思想斗争，最后选择坚持锻炼来通过体育测试。

吟诵者 山不在高，有仙则名。水不在深，有龙则灵。斯是陋室，唯吾德馨。苔痕上阶绿，草色入帘青。谈笑有鸿儒，往来无白丁。可以调素琴，阅金经。无丝竹之乱耳，无案牍之劳形。南阳诸葛庐，西蜀子云亭。孔子云：何陋之有？

旁白 以清之白作为"廉"之形，以清之贫作为"廉"之志，坚持清之正作为"廉"之骨，从而达到清之洁的目的，结出廉之德的

"硕果"。从一个字到一个人，从一种精神到一种文化，我们可以从于谦身上看到他的一身清白、两袖清风，我们可以从郑板桥的书画中，看到一位生活清贫、为官清廉的翩翩君子。"身居陋室，心忧天下"，坚持功利存乎人民的刘禹锡，让我们看到了一种不同于俗、不随波逐流的精神风范。廉洁不仅仅是对党员、领导干部的要求，而且是我们都应自觉遵守的行为准则和要求，我们要做一个诚信自律、敢于直言、忠于职守的人，大写的人、廉洁的人。

创作来源 《入京》《予告归里，画竹别潍县绅士民》《岳阳楼记》《陋室铭》

入京

〔明〕于谦

绢帕蘑菇与线香，本资民用反为殃。
清风两袖朝天去，免得闾阎话短长。

译文

手帕、蘑菇、线香之类的东西，本来是给老百姓用的，现在却变成了祸殃。我带着两袖清风入京去，免得民间说长道短。

予告归里，画竹别潍县绅士民

[清] 郑板桥

乌纱掷去不为官，囊橐萧萧两袖寒。
写取一枝清瘦竹，秋风江上作渔竿。

译文

我决定抛弃乌纱帽弃官而去，归乡之时两袖清风，一贫如洗。画一竿瘦竹，当作秋风江上的鱼竿。

创 作 感 想

从古至今，廉洁一直是社会道德规范、兴国安邦之本，廉洁文化则是中华民族文化自信的重要支撑，是融价值理念、行为规范和社会风尚为一体的文化沉淀。反腐倡廉、勤俭节约是中华民族的传统美德。"唯俭可以助廉，唯恕可以成德。"一个人要想保持清廉的节操，平常就要养成节俭的美德，要想培养崇高的品德，就要常怀忠恕之心。

我们以"清"字为切入点，通过对"清"字的剖析来体悟廉。以清之白作为"廉"之形，以清之贫作为"廉"之志，坚持清之正作为"廉"之骨，从而达到清之洁的目的，结出廉之德的"硕果"。本剧选用了大家熟知的人物或名篇，如于谦的《入京》、范仲淹的《岳阳楼记》，以及刘禹锡的《陋室铭》，等等。从于谦的"两袖清风"到郑板桥的"乌纱掷去不为官，囊橐萧萧两袖寒"，再到范仲淹的"先天下之忧而忧，后天下之乐而乐"，来印证廉洁对个人、对社会、对国家的重要性。

习近平总书记说："一个人能否廉洁自律，最大的诱惑是自己，最难战胜的敌人也是自己。"我们要在日常生活中时刻警醒自己，不奢靡、不浪费。同时，也要承担起监督者的角色，学会对"不廉洁"的行为说"不"，共同营造廉洁的社会风尚。

悠悠游学行　拳拳爱国心

周佳怡

剧情梗概

　　本剧以杨夫子带领学生踏青游学为线索，回溯时空，由今追昔，从南宋时期到唐朝再到战国时期，从李清照小剧场到杜甫小剧场，再到屈原小剧场，同时自然融入他们所作的《夏日绝句》《茅屋为秋风所破歌》《离骚》三篇经典诗文。并借助情景演绎、书法展示、歌唱等表现形式，展现李清照、杜甫和屈原浓浓的爱国情、报国志。用长镜头回溯历史，近距离看今天，呼吁当代大学生用心感应时代脉搏，把对祖国的爱，对人民的情贯穿于学业全过程，融汇在青春激流中。

剧情人物

夫子、杜甫、李清照、林笙、学生1、学生2

朝代

战国时期、唐朝、清朝、现代

旁白　风传花信，雨濯春尘，又到了一年好时节，正适合踏青游春。这一天，杨夫子正带领她的学生们，准备去欣赏祖国的大好河山。

第一幕 李清照小剧场

（李清照站在窗边，对窗吟诗）

李清照 生当作人杰，死亦为鬼雄。至今思项羽，不肯过江东。明诚啊明诚，你身为江州知府，怎能在王亦叛乱时选择弃城而逃？而当今圣上赵构，竟也在女真人入侵时一走了之。人活着，难道不应如汉高祖口中的萧何、张良、韩信三位"人杰"一般，以自己的文治武功为国家建功立业吗？就是死，也当为国捐躯，就如屈原笔下的"鬼雄"一般。哎！

（夫子进场）

旁白 此情此景，杨夫子不禁在学生面前执笔写下《夏日绝句》。

（学生递纸笔，杨夫子挥笔写下《夏日绝句》全文）

学生1 先生的字笔力遒劲，行云流水，但学生不解此诗，请先生教诲。

夫子 "生当作人杰，死亦为鬼雄。"这不是几个字的简单组合，这是一种无所畏惧的人生姿态啊！"至今思项羽，不肯过江东。"那个带领大家浴血奋战的西楚霸王项羽，诸生都知道吧。南宋当局，不思进取，像项羽这样的爱国者又在哪里？（冷哼）这般讽刺，李清照不愧是千古第一才女，好诗啊好诗！

学生2 先生所言极是，易安居士也是我辈楷模，学生定当刻苦学习，爱国爱民！

旁白 《夏日绝句》是宋代词人李清照创作的一首五言绝句。其诗借古讽今、抒发悲愤。前两句，语出惊人，直抒胸臆，提出"生当作人杰"，为国建功立业，报效国家；"死"也应该做"鬼雄"，方才不愧为顶天立地的好男儿。深深的爱国之情喷涌而出，震撼人心。

旁白 作为宋代著名女词人，李清照半生飘零，却仍怀爱国的赤子之心，可歌可泣。离开李清照的小院后，杨夫子一行人继续游学。

第二幕　杜甫小剧场

旁白 一阵大风刮过，茅屋上的稻草被刮得四处乱飞，杜甫拄着拐杖连忙去追赶稻草，可这稻草有的被刮入河中，有的落在树上。这时对面的一群儿童到河边打水，要拿走这些稻草。杜甫连忙大声呼喊，那些儿童却当作没听见，径自抱走了河中的稻草。正巧碰上好友林笙前来探望，于是帮忙去取这树上的稻草。

杜甫 （拄拐杖来到树下）算了，竹木兄，这河中的稻草已被那些顽童拿走，这树上的稻草也不多，取下来也没什么用了。要不是这安史之乱，何至于沦落至此？

林笙 （放下手里的树枝）这乱世之中，那些富甲一方的商人都自身难保，咱们这平民百姓又怎能安好！

杜甫 要说这战乱，最受苦的就是百姓了啊！（说完，摇了摇头）

林笙 （抬头看了看阴沉的天空，叹了口气）子美兄，看这天色如此阴沉，怕是要下雨了，这屋顶短时间内也无法补好，不如你和妻儿先到我那暂避一下，可好？

杜甫 不必了，这些日子已经很麻烦你了，家里倒也可以勉强避雨。你快回去吧，一会儿下了雨这路可就不好走了。

林笙 那好，子美兄，在下就先告辞了。

（林笙作揖告辞，杜甫回礼）

杜甫 （拄着拐杖走到门口，坐在凳子上，目光眺望远方）国君啊，你为什么偏爱美人而不要江山，你为什么沉迷香梦还不苏醒，你又为何贪图享乐而忘了黎民百姓？寒风凄雨，痛彻我心！

旁白 不久，大雨便倾盆而下，杜甫看着床上破烂不堪的棉被，不由得悲从心生，有感而发，便作《茅屋为秋风所破歌》，后得以传世。

（夫子和学生进场）

夫子 安得广厦千万间，大庇天下寒士俱欢颜！诸生，这是何等粗犷有力的笔锋，何等壮阔深达的形象，何等铿锵雄壮的声音啊！

学生 先生所言极是！诗人在风雨如磐的困境中饱受煎熬，但他不顾小我，为天下受苦受难的百姓振臂高呼，发出了黄钟大吕般的强音。

夫子 说得好啊！子美忧国忧民、舍己为人、至死无悔的高尚情怀正是诸生所要学习的!

（夫子和三名学生退场）

旁白 《茅屋为秋风所破歌》是唐代诗人杜甫在四川成都草堂期间创作的一首七言古诗。这首诗叙述了诗人的茅屋被秋风刮破，导致全家遭受寒风凄雨的痛苦经历，抒发了自己内心的感慨，体现了诗人忧国忧民的崇高思想境界。

旁白 没错，这首诗表达了诗人从自身想到他人、宁愿牺牲自己也要造福人民的广阔胸襟。诗歌运用写实的手法，描写了狂风破屋、群童抱茅的场景。而后大雨突至，茅屋漏雨。现实中的困苦让杜甫联想到天底下受难的老百姓，发出"安得广厦千万间，大庇天下寒士俱欢颜"的感叹。诗人只愿人间有足够的高大房屋庇护天下百姓，这样自己就算冻死也无憾。杜甫的拳拳爱国之心深深打动了杨夫子一行人。

（告别杜甫后，夫子和学生来到了一条滔滔大江边上）

第三幕 缅怀屈原小剧场

夫子 诸生，我们面前的便是汨罗江，屈原当年投江自尽的地方。

学生 自尽? 这是为何?

夫子 屈原本是楚国重臣，但无奈楚怀王昏庸，听信小人谗言，放逐了敢于直谏的屈原。屈原虽心系百姓、胸怀大志，却报国无门，他是在万念俱灰下投入汨罗江的。

学生 看来，屈大夫也曾风流倜傥，虽境遇变换，然其拳拳爱国爱民之心，确实愈发浓烈，至死不悔。他在《离骚》中浸透的奔腾热血，实在令人钦佩！

夫子 屈原的爱国精神与日月同辉，永远都是我们学习的榜样！

夫子 《离骚》是战国著名爱国诗人屈原的作品，它以理想与现实的冲突为主线，倾诉了对楚国命运和人民生活的关心。他"哀民生之多艰"，叹奸佞之臣当道。作品运用大量的比兴和丰富的想象，表现出积极的浪漫主义精神，开创了中国文学史上的"骚"体诗歌形式，对后世产生了深远影响。

旁白 屈原虽已离开多年，但他的精神仍然存留在人们心中，每年端午节便是纪念他的日子。

学生 成材不负青云志，报国常怀赤子心，作为当代大学生的我们，应当时时刻刻将自己的命运同国家的命运联系在一起，努力拼搏，为祖国美好的明天而不懈奋斗。

创作来源　《夏日绝句》《茅屋为秋风所破歌》

夏日绝句

［宋］李清照

生当作人杰，死亦为鬼雄。

至今思项羽，不肯过江东。

译文

活着应当做人中的豪杰，死后也应成为鬼中的英雄。直到现在人们还在怀念项羽，因为他宁肯战死也决不渡江回江东。

茅屋为秋风所破歌

[唐] 杜甫

八月秋高风怒号，卷我屋上三重茅。茅飞渡江洒江郊，高者挂罥长林梢，下者飘转沉塘坳。南村群童欺我老无力，忍能对面为盗贼，公然抱茅入竹去。唇焦口燥呼不得，归来倚杖自叹息。俄顷风定云墨色，秋天漠漠向昏黑。布衾多年冷似铁，娇儿恶卧踏里裂。床头屋漏无干处，雨脚如麻未断绝。自经丧乱少睡眠，长夜沾湿何由彻？安得广厦千万间，大庇天下寒士俱欢颜，风雨不动安如山。呜呼！何时眼前突兀见此屋，吾庐独破受冻死亦足！

译文

八月秋深，狂风怒号，卷走了屋顶上好几层茅草。茅草乱飞，渡过浣花溪，散落在对岸江边。飞得高的茅草缠绕在高高的树梢上，飞得低的飘飘洒洒沉落到池塘和洼地里。南村的一群儿童欺负我年老没力气，竟忍心这样当面做"贼"抢东西，毫无顾忌地抱着茅草跑进竹林去了。我费尽口舌也喝止不住，回来后拄着拐杖，独自叹息。一会儿风停了，天空中乌云像墨一样黑，深秋天空阴沉迷蒙渐渐黑下来了。布被盖了多年，又冷又硬，像铁板似的。孩子睡觉姿势不好，把被子蹬破了。一下雨屋顶便漏水，屋内没有一点儿干燥的地方，雨水像麻线一样不停地往下漏。自从安史之乱之后，我睡眠的时间很少，长夜漫漫，屋漏床湿，怎能挨到天亮。如何能得到千万间宽敞高大的房子，广泛地庇护天下贫寒的读书人，让他们喜笑颜开，房子在风雨中也不为所动，安稳得像山一样？唉！什么时候眼前出现这样高耸的房屋，到那时即使我的茅屋被秋风吹破，我自己受冻而死也心甘情愿！

创 作 感 想

论廉洁，首谈爱国。习近平总书记说，中华民族是历史悠久、饱经沧桑的古老民族，更是自强不息、朝气蓬勃的青春民族。古往今来，家国情、报国志一直是古诗文中亘古不变的主题，从屈原的"哀民生之多艰"，到杜甫的"安得广厦千万间"，再到李清照的"生当作人杰"，等等，无不寄托着作者浓浓的家国情怀。在查阅资料和撰写剧本的过程中，我们无时无刻不被历史上那些古往今来的民族英雄、仁人志士的爱国之情深深打动。作为当代大学生的我们，应当与时代紧密相连，在党和人民最需要的时候冲得出来、顶得上去，展现出当代青年自信自强、刚健有力的精神风貌，为中华民族伟大复兴中国梦的实现绽放异彩。

后 记

　　高校肩负着为党育人、为国育才的光荣使命，是推进廉洁文化建设的重要阵地，更是文化创造和传播的重镇。为进一步贯彻落实中共中央《关于加强新时代廉洁文化建设的意见》，发挥廉洁文化养德固本、润心正身、成风化人的作用，我们将学生自编自导自创的 70 多个廉洁文化短剧进行整理修改，从中甄选出 37 个优秀剧本汇编成册，正式出版《沐廉洁风尚 品古典诗文——"00后"青年"剧"说廉洁》一书。

　　本书从剧本创作到编辑，得到了校党委的高度重视和悉心指导，校纪委书记、博士生导师李泽泉教授亲自为本书作序，校纪检监察室同志认真做好全书的统稿、编辑和校对等工作。经亨颐教育学院党委书记蒋璐敏、副书记沈嫣发动学院师生积极参与。尤其是"中国文学"课程主讲老师梁晓凤，充分发挥专业特长，积极组织学生收集相关文学作品，精心指导学生从中提炼廉洁文化元素，创作、编导、排演廉洁文化短剧。经过两年多的努力，本书终于由浙江工商大学出版社正式出版。在此，对所有关心支持本书编辑出版的领导和师生表示衷心的感谢！鉴于各种原因，本书还存在不当不妥之处，尤其是古代诗词文献的检索和翻译中未能一一标注出处和作者，请多包涵。敬请读者批评指正。

杭州师范大学纪委编写组

2022 年 10 月